Lisa Kessler

# Plätzchen und Prilblumen

Lisa Kessler

# *Plätzchen und Prilblumen*

Weihnachten
in den 70er Jahren

HERDER

FREIBURG · BASEL · WIEN

Der eigenen, heiligen Familie,
den Toten und den Lebenden.
Allen voran Til, Paula und Louise.
Und Andrea.

Gedruckt auf umweltfreundlichem, chlorfrei gebleichtem Papier

Originalausgabe


www.herder.de
Herstellung: fgb freiburger graphische betriebe 2007
www.fgb.de
Satz: Layoutsatz Kendlinger
Innenlayout, Umschlagkonzeption und -gestaltung:
Groothuis, Lohfert, Consorten | glcons.de
Umschlagmotiv: © ullstein bild-Poss
ISBN: 978-3-451-29733-5

# Inhalt

# *Der Duft der großen weiten Welt*

*Es gibt eine Art unausgesprochenen Grundkonsens unserer Gesellschaft, der sich am 24.12. eines jeden Jahres an erwachsene, junge Menschen richtet und fordert: Solange ihr noch keine Kinder habt, kommt ihr an Heiligabend gefälligst zu eurer Familie nach Hause!*

Einfache Ausreden oder komplizierte Wahrheiten helfen bei Verstößen gegen diese goldene Regel nicht. Die erste Person Singular *Ich* geht unter im seligen Plural der ersten Person: *Wir*, deine Eltern, wünschen uns das. Nur das. Aber nichts mehr. Wenn nötig, kann das auch gesteigert werden. Dazu bedarf es nur der rhetorisch gemeinten Frage: Ist das etwa schon zu viel verlangt?
Zwischen dem festlich geschmückten Weihnachtsbaum im Wohnzimmer der Eltern und dem Objekt der Begierde muss es schon eine Entfernung im fünfstelligen Kilometerbereich geben, um entsprechend entschuldigt zu sein.
So kam es, dass ich einmal über Weihnachten und Silvester nach Guatemala flog. Nach über zwanzig Weihnachtsfeiern im trauten Familienkreis hatte ich das Bedürfnis nach etwas ganz anderem: Ich verspürte den unwiderstehlichen

Wunsch, Weihnachten einmal ausfallen zu lassen – und zwar ganz und gar.

Ich wollte einmal keine Weihnachtsvorbereitungen treffen müssen und an keinem Weihnachtsfest teilnehmen. Ich musste mal – und zwar dankend – auf etwas verzichten, das ich als lästig gewordene Konvention empfand. Das Festritual meiner Kindheit schien nicht mehr adäquat und ich empfand mich als zwischen den Zeiten: Ich war kein Kind mehr und hatte noch kein eigenes.

Und so hob ich denn ab.

Ich verließ also die Stadt, das Land, den Kontinent. Das europäische Wetter, Essen und Leben. Und: Weihnachten. Zwei Wochen später erwachte ich an Heiligabend in einem Low-Budget-Hotel aus der Kolonialzeit, frühstückte sonnengereifte Früchte bei herrlichem Sommerwetter in einem Straßencafé und wanderte an der karibischen Küste entlang. Ich verbrachte einen wunderbaren lazy afternoon am Strand von Livingston, wo ich nach dem Baden Pelikanen beim Fischen und einem schwarzen, freilaufenden Schwein beim Strandspaziergang zuschaute, während ich in der Hängematte baumelte und die Füße in den heißen Sand eingrub. Von der nahe gelegenen Bar hatte ich mir ein kühles Bier geholt. Mit Blick auf das Meer tauchte ich in Gedanken ab.

Der Besitzer und dessen Kind hatten mich nach meiner Bestellung gefragt, aus welchem Land ich angereist sei. Der kurze, mehrstündige Privatunterricht bei einer Spanierin in Offenbach, wo ich damals in einer WG mit Michel, Peter, Ralf M. und Gabi wohnte, als ich noch in Frankfurt Politologie studierte, hatte sich gelohnt. »Soy alemana«, beantwortete ich die Frage nach meiner Nationalität wortgewaltig. Sie griffen in eine Schublade unter der Kasse und legten mir eine Postkarte auf den Tresen. Dann sei das meine Heimat?

Da, wo ich herkomme, nämlich aus dem hessischen Ried, sieht es eigentlich ganz anders aus. Da ist die Landschaft, abgesehen von den angrenzenden, östlichen Erhebungen der Bergstraße, ziemlich flach. Gut geeignet, um im Sommer mit dem Fahrrad ganz bequem zur zehn Kilometer entfernten Schule zu fahren. Das Foto auf der Postkarte zeigte eine idealtypisch deutsche Landschaft: eine tief verschneite, gebirgige Waldlandschaft im Schwarzwald.

Im Schwarzwald war ich höchstens zwei-, dreimal und nur als Kind gewesen. *Immer wieder sonntags* wollten die Eltern einmal was anderes sehen, trotz der Benzinpreise der Siebziger. Meist fuhren wir mit dem roten Ford Granada meiner Eltern nur ins nähere Umland, aufs Alsbacher Schloss oder nach Biblis, um erst Block A und zwei Jahre später Block B zu betrachten. Dass das nur konsequent war, wussten wir Kinder. Denn: *Wer A sagt, muss auch B sagen.*

Zwischen den Jahren war der sonntägliche Ausflug öfter mit einer längeren Autofahrt verbunden. Zum Beispiel in

den Schwarzwald. Dann führte die Strecke über die A5 Richtung Basel bis Freiburg und dann links zum Titisee.
Für uns jedenfalls traf zu, was der Verkehrsminister Georg Leber 1971 in einem Interview behauptete: »Die gesteigerte Erlebnisfähigkeit des mobiler gewordenen Menschen (ist ein) Gewinn an persönlichen Eindrücken.«
Es war die Zeit, als mein Vater noch rauchte. Im Auto, mit uns vier Kindern drinnen. Die Zigarettenmarke meines Vaters war nicht Camel oder Marlboro. Mein Vater war kein Cowboy, sondern Bauer, als es noch nicht Landwirt hieß, und rauchte Peter Stuyvesant – der Duft der großen, weiten Welt. Nur das mir auf dem Weg dorthin regelmäßig schlecht geworden ist.
Es gibt einige quadratische Fotos, neun mal neun Zentimeter groß und mit einem weißen Schmuckrand, die diese Ausflüge in die große weite Welt dokumentieren. Sie wurden mit dem Fotoapparat meiner Großmutter aufgenommen, die nach der Initiale ihres Wohnortes Oma E. genannt wurde. Schon lange gibt es auch im Fachgeschäft keine Filmkassetten mehr für die kleine Kodak *Camera Instamatic 77 X* mit einer Steckvorrichtung für einen Blitzwürfelaufsatz zu kaufen. Verwendung findet sie trotzdem noch. Als Spielzeug unserer Kinder erschafft sie weiterhin Wirklichkeiten.
Auf den Fotos, die auf der Rückseite handschriftlich von meiner Großmutter datiert wurden (beispielsweise Titisee 29.12.1977), stehe ich auf dem Eis des zugefrorenen Sees,

der von tief verschneiten Bergen umrahmt ist. Dick eingepackt in eine rote Jacke und eine passende Polyesterhose mit Schlag. Die Hände sind vor der Kälte durch weiße Kunstfellhandschuhe geschützt.

Das Kind, das ich einmal war, präsentiert mit keck ausgestreckten Armen die neue Garderobe, ein perfektes Outfit. Nigelnagelneu. Ein Weihnachtsgeschenk von Christa und Werner, der Gode (Duden Band 1, 2000: *Nebenform von* Gote [Pate]) und dem Petter (ebenda: *kein Eintrag!*). Ich trage schulterlanges, in der Mitte gescheiteltes, schwarz gelocktes Haar und habe vor Aufregung und Kälte gerötete Wangen. Meine Augen strahlen. Um mit Hilde Domin, einer der Lyrikerinnen der Siebziger, zu sprechen: »Ich bin erstaunlich jung.«

Auf den Fotos ist schönes Wetter. Die Sonne scheint, der Tag leuchtet. So wie jetzt, da ich Tausende von Kilometern vom Schwarzwald entfernt bin, der augenblicklich so tief verschneit sein muss wie auf der Postkarte. In einer Bar am Strand auf einem anderen Kontinent wird aus dem Schwarzwald *mein* Schwarzwald, meine Heimat. Mein Land. Ja, bestätigte ich dem Barbesitzer und seinem Sohn, genau so sieht es bei uns aus. Im Winter. An Weihnachten. Vermutlich hatten sie auch schon anderen deutschen Reisenden die Karte gezeigt und fragend versucht herauszufinden, was Schnee ist und wie er sich anfühlt. Vielleicht hatten sie keine ausreichende Antwort erhalten. Oder aber sie erfreuten sich an den unterschiedlichen Erklärungsversuchen der Reisenden, so dass sie nie aufhören, nach dem ihnen immer unbekannt Bleibenden – dem Schnee – zu fragen.

Schon mal versucht, Schnee zu erklären?
Dabei meine ich eine Erklärung, die mehr vermittelt als ein lexikalisches Wissen der Art, wie es sich der Barbesitzer und sein etwa neunjähriger Junge angelesen hatten, und das man selbst aus dem Stegreif referieren können sollte: *»Schnee sind Eiskristalle, die sich bei Temperaturen um null Grad bilden. Das Wasser friert in einer Wolke zu winzigen, sechsseitigen, immer unterschiedlich aussehenden Kristallen, die sich verbinden und als Schneeflocken auf die Erde fallen.«*

Die Eskimos sollen unglaublich viele Wörter für Schnee haben, so viele, wie es unterschiedliche Beschaffenheiten von Schnee gibt. Darin zeigt sich angeblich die Bedeutung, die dem Schnee und dem Eis als Lebensraum ihrer Kultur zukommt. Aber die Legende, die sich so hartnäckig hält, ist eine Ente. Mehr als zwei Wortstämme sind auch in der Sprache der Eskimos lexikalisch nicht verzeichnet: *qanik* für Schnee, der fällt, und *aput* für Schnee, der liegt.

Die Wörter bleiben selbst bei den Eskimos, die immerzu von Eis und Schnee umgeben sind, an der Oberfläche. Sie sind nicht dazu geeignet, die Empfindungen, die Schnee auslösen kann, aus sich heraus zu erklären.

Auch unser deutsches Wort »Schnee« macht keinen Unterschied zwischen einem Schnee, der gerade eben die Felder und Gärten bedeckt, und einem, der Dächer zum Einstürzen bringt und zur Bedrohung wird.

Der Schnee, den ich im Schatten der kleinen Hütte den interessierten, offenen Gesichtern zu beschreiben versuchte, war noch einmal ein ganz anderer.
Meine Antwort beschrieb den ersten Schnee des Jahres kurz vor Weihnachten: der in schönen, dicken, weißen Flocken unaufhörlich auf die Erde fällt und in seiner Anmut Raum und Zeit anhält. Schnee, der Hintergrundgeräusche wie Autolärm und Menschenstimmen verstummen lässt und ausgelassenen Kindern die frohe Gewissheit bringt, dass bald Weihnachten ist. Schnee, der den Menschen zum bloßen Betrachter werden lässt, weil er die Sicht auf die Dinge verändert, in dem er sie verhüllt. Er schenkt ihnen einen glitzernden, sanften, reinen Zauber und kann jedes Herz, das dafür empfänglich ist, tief berühren.

Den Abend verbrachte ich in der kleinen Küstenstadt, in der sich mein Hotel befand, in einem zur Straße hin offenen Restaurant, in dem noch andere europäische Touristen, besser: Traveller, saßen. Sie alle waren wie ich der eigenen, heiligen Familie für diesen Abend entflohen.
Bunte Plastikbänder, auf denen »Feliz Navidad« zu lesen war, raschelten leise im lauen Abendwind. Ein grüner Papagei saß auf einer Stange in einer Ecke und krächzte vor sich hin. Ich bestellte, was ich jeden Abend dort aß: Huhn mit Bohnen, trank noch ein Bier und blinzelte in die Abendsonne. Weihnachten. Es war Weihnachten!

Ich hatte keinen Schnee. Ich hatte kein Weihnachtspräsent eingepackt in Weihnachtspapier – weder verschenkt noch erhalten. Ich hatte keinen geschmückten Christbaum, keine Weihnachtsplätzchen, keine Weihnachtskarten, keine Weihnachtskerzen, keinen Weihnachtsteller, keinen Weihnachtsmarktbesuch, keinen Weihnachtsstollen, keinen Weihnachtsengel, keine Weihnachtskrippe. Ich hatte keinen Weihnachtsbesuch zu machen, kein Weihnachtslied auf den Lippen oder wenigstens als imaginäre Tonabfolge im Kopf.

Ich hatte noch nicht einmal ein Gefühl dafür, dass hinter der großen weiten Welt, in der ich mich befand, meine kleine Welt lag, in der Weihnachten gefeiert wurde oder in ein paar Stunden gefeiert werden würde. Ich wusste nur darum.

Ich fühlte mich, und das war eine wirklich sehr überraschende Erfahrung, irgendwie betrogen. Mit großer Geste hatte ich geglaubt, auf etwas verzichten zu können, woran ich eigentlich hing. Und das machte das Paradies, in dem ich mich befand, etwas unvollkommen.

Es ist doch so: Man kann beschließen, Weihnachten *nicht* zu feiern. Aber es findet statt. Ungefragt. So oder so ist das Fest ein Teil unserer Kultur, ohne das wir andere wären. Wenn sich an den harten Fakten also nichts ändern lässt – der 24.12. eines jeden Jahres ist Heiligabend! –, so ist es unbedingt empfehlenswert, daraus das Beste zu machen.

Denn eigentlich ist Weihnachten ein Fest der Muße. Mit Ritualen, die dem Schönen, Wahren, Guten huldigen. Seine zuverlässige Wiederkehr – *Alle Jahre wieder* – vermittelt Vertrauen und Geborgenheit. Spätestens das brauchen wir am Ende des Jahres, wenn wir als Hilfsbuchhalter unseres Lebens das Zurückliegende bilanzieren und noch nicht schlüssig wissen, was unterm Strich herauskommen wird.

In erster Linie aber ist Weihnachten ein Fest der Familie, das familiäre Bindungen stärken will. In seinen Mittelpunkt stellt es das schwächste Mitglied der Gemeinschaft: das Kind! So wie der christliche und damit eigentliche Anlass des Festes ein Kindergeburtstag ist.

Unter Umständen hilft uns beim bangen Erwarten des nächsten Weihnachtsfestes die Erinnerung an die sorglose, heitere und gespannte Haltung des Kindes, das wir einmal waren und das in Weihnachten nur eines sah: ein Fest der großartigen Möglichkeiten mit vielen Geschenken und praktisch keinen Verboten. Und der Lizenz zum uneingeschränkten Verzehr von Süßigkeiten. Spätestens das war der Moment, an dem wir kurzfristig am Ziel unserer Wünsche angelangt waren. Es gab keine besseren.

Mit Sicherheit bestimmt nichts die Erinnerungen an Weihnachten so sehr wie die Empfindungen, die wir dazu während unserer Kindheit hatten. Im Rückspiegel der eigenen Geschichte lösen sich die Ereignisse und Abläufe aller Weihnachtsfeste, die wir als Kinder im Kreis der Familie gefeiert haben, auf und werden zu *dem einen* Weihnachtsfest, das uns behaupten lässt: So war das immer bei uns an Weihnachten.

Meine Erinnerungen sind Teil einer kollektiven Erinnerung. Ist-Zustand dessen, was wir gemeinsam hatten: eine Kindheit in der Siebzigern, in denen wir im Fernseher *Winnetou* schauten, *Bazooka* kauten, Zähne verloren und bekamen, dreißig Zentimeter wuchsen und am Ende des Jahrzehnts Teenager geworden waren, die sich in den grässlichen Achtzigern zurechtfinden sollten.

Bürgerinitiativen, Wohngemeinschaften, Frauengruppen, Gesamtschulbewegung, Selbsthilfegruppen oder Eltern-Kind-Gruppen: Das alles und noch viel mehr brachten die Siebziger hervor. Moderne Familien, die aus Vati, Mami und zwei Kindern bestanden.

So wie die, in der ich jetzt lebe.

# *Die spinnen, die Siebziger*

*Wir befinden uns in den Jahren 1970–1979 n. Chr. Ganz Deutschland ist von neuen Ideen besetzt . . . Ganz Deutschland? Nein! Ein von Unbeugsamen bevölkertes Dorf hört nicht auf, den Eindringlingen Widerstand zu leisten. Und das ist B., der Ort, an dem ich einst die Asterix-und-Obelix-Heftchen meiner Brüder las.*

Auf dem Bauernhof, der seit Generationen vom Vater an den ältesten Sohn vererbt wurde, lebten wir zu acht: Oma B., Opa B., Vater, Mutter, vier Kinder: zwei Jungen, zwei Mädchen.

Meine Großeltern und Eltern hatten keinen Nine-to-Five-, sondern einen Five-to-Nine-Job, 365 Tage im Jahr. Ganz andere Zeiten eben.

Von der Parallelwelt der Eltern- und Großelterngeneration hatte ich in diesen Jahren ein verschwommenes Wissen. Zwar hielt ich auf meinem Schulweg nach dem von RAF-Terroristen entführten Hanns Martin Schleyer Ausschau und versuchte, mir das Fahndungsfoto von Christian Klar beim Schlangestehen auf dem Postamt einzuprägen, oder bedauerte, dass die schöne Farah Diba als Kaiserin von dem prächtigen Pfauenthron verstoßen wurde, aber es blieben Splitter aus einer Welt, der ich noch nicht angehörte. Zusammenhänge konnte ich nicht herstellen, Einordnungen nicht vornehmen. Ich fühlte mich nicht einer besonders schwierigen, politischen und sich im gesellschaftlichen Umbruch befindlichen Zeit zugehörig – ich kannte keine andere.

Nie wieder war ich so sehr das Universum meines Lebens wie in den Siebzigern. In einem Kinderalltag, in dem etwa von besonderer Bedeutung war, ob es die *Super Sea-Monkeys* nun wirklich geben konnte, wie die Anzeige in dem *Yps*-Heft versprach, oder ob es stimmte, dass man rechtzeitig Fieber bekam, wenn man am Abend vor der Mathearbeit Zahnpasta aß. Dass einem dadurch richtig schlecht wurde, stand außer Frage. Aber es führte tatsächlich zum richtigen Ergebnis.

Jetzt zum tollen Werbepreis
DIE WUNDERBARE WELT DER SOFORTLEBENDEN
SUPER
SEA-MONKEYS®
lebende See-Äffchen zum selbermachen!"
ideal für Kinder
jetzt
nur noch 5 DM
ERLEBEN SIE DAS WUNDER DER NATUR zum einmaligen Preis NUR DM 5,–. Ein Hobby für die ganze Familie - Lebende SEAMONKEYS aus der Tüte unglaublich aber w a h r!!. Durch ein Wunder der Natur können Sie selbst diese lustigen Wasser-clowns zum Leben erwek-ken. Aus SM Pulver, das man ins Wasser schüttet entstehen lebende, atmende Tierchen. Männchen, Weibchen und Babies. Diese schwimmen und spielen miteinander. Ein herr-liches Hobby. Spaß u. Unterhaltung für Alle Alles, was man dazu braucht für nur DM 5,– incl. ein Sea-Monkey-Buch. KEIN TRICK. Sea Monkeys leben GARANTIERT.
Sofort bestellen. Coupon ausschneiden u. DM 5,– (Schein) bar oder Brief-marken einsenden an:
Markt & Kommunikation GmbH & Co KG Widenmayerstr. 23 8000 München 22
neu
Markt & Kommunikation
GmbH & Co KG
Widenmayerstr. 23
8000 München 22
Name: ..............................
Straße: ..............................
Ort: ..............................
☐ DM 5,– Schein anbei
☐ per Nachnahme DM 7,50
SENSATION SONDERANGEBOT
Jetzt auch als toller Geschenkkarton komplett mit Original SM-Aquarium für nur DM 25,- oder im DE-LUXE-Karton mit sehr viel Zubehör, Vitamine, Supernahrung nur DM 35,-

## *On the road*

Vor mehreren Jahren war über Weihnachten in der Perlauer Buchhandlung eingebrochen worden, ohne dass etwas entwendet worden war. Die Polizei fand nur einige leere Weinflaschen, Zigarettenkippen und die Krümel einer Weihnachtsstolle.

Für Helmuths Mutter schien festzustehen, dass es sich bei dem Einbrecher um einen Familienvater gehandelt hatte, der dem »ganzen sentimentalen Theater dieses Festes« entkommen wollte. Richard Sawatzki tippte auf einen Junggesellen, der die Weihnachtstage dazu benutzte, um endlich einmal nach Herzenslust in den Büchern herumzuschnüffeln.

Helmuth dagegen hatte in seiner Fantasie die Rolle des Einbrechers in der Buchhandlung durchgespielt.

»Den Heiligabend des vorherigen Jahres habe ich sehr ruhig verbracht. Ich ließ mich in eine Buchhandlung einschließen.«

»Wie traurig«, sagte Anja.

»Im Gegenteil! Es war eine sehr reiche Bescherung.«

»Eine reiche Bescherung?«

»Ich schlich mich bei Dunkelheit in die Buchhandlung. Zuerst packte ich einige Bücher in Weihnachtspapier ein und legte sie unter den Weihnachtsbaum, der ja ohnehin während des Weihnachtsgeschäftes im Laden gestanden hatte. Erst später, als ich die Fenster verdunkelt hatte, zündete ich die Kerzen an. Beim Klang der Weihnachtslieder, sie besaßen in der Buchhandlung auch eine gutsortierte Schallplattenabteilung, öffnete ich die Päckchen, die ich mir vorher im Dunkeln gepackt hatte. Ich erlebte mancherlei Überraschung. Wunderschöne Bildbände! Allerdings auch ein Buch über Stomatologie. Das interessierte mich nicht. Darum tauschte ich es kurzerhand um.«

Anja konnte sich nicht vorstellen, beim Christfest allein zu sein. Sie hatte das Gefühl, dass um die Weihnachtszeit die Leute in Martin-Georg-Stadt zugänglicher wurden. Wenn man an den Sonntagen, an denen die Läden geöffnet waren, durch die Stadt ging, wurde man in Gespräche verwickelt. Man beriet sich gegenseitig beim Einkauf der Geschenke. Einmal ließ sich sogar die hochmütige Judith Degenhardt dazu herab, Anja zu fragen, was sie der Großmutter schenken sollte. Anja mochte den Trubel in den Geschäften vor Weihnachten und das Heimlichtun zu Hause.

Wenn die Tante Plätzchen backte, oblag es Anja, den Teig mit Blechformen auszustechen. Außer den Kringeln, Sternen, Halbmonden, Weihnachtsmännern radelte Anja noch eigene Figuren aus dem Teig. So hatte sie einmal die Heilige Familie mit Stall und Krippe hergestellt. Die Tante war dann mit dem Gebäck zu Pfarrer Liebig gerannt, und der hatte es im Gemeindesaal ausgestellt. Am Heiligen Abend aß man in Martin-Georg-Stadt Kartoffelklöße mit Backpflaumen. Der Onkel öffnete eine Flasche des selbstgezogenen Johannisbeerweins, von dem sogar Anja nippen durfte. Später gingen sie zur Mitternachtsmesse. Wenn sie den Fußweg durch Schnee und Kälte schweigend zurückgelegt hatten, erschien ihnen die spärlich geheizte Kirche warm. Anja fühlte sich in der Kirche in dieser Nacht mit den anderen auf eigenartige Weise verbunden. Sie blickte auf die hellerleuchtete Krippe, und es schien, als ginge der Atem der damaligen Zeit, als das Christkind geboren wurde, durch das Gewölbe. Anja stellte sich die überfüllten Herbergen in Nazareth vor, wo gerade Volkszählung war. Sie sah die Hirten auf den Feldern, die zum Himmel aufschauten und einen neuen Stern am Firmament entdeckten. Sie sah Maria in einem Torweg, wo man die Esel anband, wenn die Kutscher in die Schenke gingen. Und sie konnte sich sogar vorstellen, wie die Leute gafften, als dort in dem zugigen Durchgang Maria das Kind zur Welt brachte.

Nein, Anja wollte nicht glauben, dass es Menschen gab, die in einer solchen Nacht, in der vor über neunzehnhundert Jahren etwas so Großartiges passiert war, allein sein konnten. Anja sang in dieser Nacht mit Hingabe die alten Kirchenlieder, und sie glaubte zu fühlen, wie sie innerlich besser wurde. Ihre vielen Verfehlungen schienen ihr nichtig. Und sie glaubte fest zu wissen, dass sie sich von nun an nichts mehr zuschulden kommen lassen würde.

Helmuth gewahrte Anjas verklärten Gesichtsausdruck, den die Erinnerung an die Weihnacht heraufbeschworen hatte.

Auch er liebte das Fest auf seine Weise. Die Sawatzkis feierten es nicht als Kirchenfest. Sie tranken am Heiligabend Punsch und hörten alte Tanzmusikplatten. Beim Ertönen der Schlager ging in Helmuths Eltern etwas Seltsames vor sich. Sie, die alles Sentimentale ablehnten, begannen sich auf ihre Jugend nach dem Krieg zu besinnen. Sie erinnerten sich an jene große Zeit, da es wenig zu essen, aber viele Ideen für die Zukunft gab.
Der Vater erzählte von den Aktionen, die sie ins Leben gerufen hatten, um die Apotheken wieder mit Medikamenten zu versorgen. Er, damals noch Schuljunge, sammelte unter der Anleitung eines alten Lehrers aus der Weimarer Zeit Heilkräuter in den Wäldern der Umgebung von Perlau. Dieser Lehrer war dann ausschlaggebend für Richard Sawatzkis Berufswahl geworden.
Helmuths Mutter begann von einer Wandzeitung zu schwärmen, die die Lehrer kritisierte und die sich die einzige freie Wandzeitung des Landes Thüringen nannte. »Natürlich gingen wir allerlei sozialdemokratischem Quatsch auf den Leim, aber dennoch . . .«
Helmuth erlebte dann, wie seine Eltern zu tanzen begannen. Natürlich tanzten sie die altmodischen Tänze, die damals gerade von Amerika herübergekommen waren.
Der Weihnachtsabend erreichte seinen Höhepunkt, wenn sich Onkel Sanders, der zu den Festen immer in Perlau weilte, eine leere Schallplattentüte auf den Kopf stülpte und

Zauberkunststücke vorführte, die nur teilweise, manchmal überhaupt nicht gelangen.

Helmuth unterbrach das Schwiegen, das durch ihre Erinnerungen aufgekommen war.

»Im Handschuhfach liegt ein Kassettenrecorder. Machen Sie etwas Musik.«

*Peter Abraham*

*O du fröhliche . . .*

Am Weihnachtstag kamen Lauras Eltern gegen drei. Da war der Schnee im Hof quadratisch und rechteckig gezeichnet von Teppichstaub. Statt Fichten hingen grünkohlgebauschte Netze von den Küchenfenstern. Wesselin hatte sich bereits in Schweiß gespielt. Er stülpte den Sturzhelm, den Olga Salman ihm überreichte, in Eile auf seinen Kopf und fragte sogleich und im Laufe des Nachmittags wiederholt nebenbei, ob noch mehr Besuch zu erwarten wäre. Die Stube roch nach Harz. Später nach glimmenden Kerzendochten. Wesselin schlief erst, als alle neuen Spielsachen in sein Bett geladen waren. Die Güterzuglokomotive vom Großvater legte er sich untern Bauch. An Lauras Pullover hafteten Fasern vom Weihnachtsmannbart, den sie von einer Larve geschnitten und wie eine Gasmaskenbrille mittels Gummischlaufen an ihren Ohren befestigt hatte. Während des Auftritts beobachtete sie Wesselin enttäuscht. Die Wirkung schien ihr im Missverhältnis zum Aufwand zu stehen. Am Kostüm hatte sie einen halben Tag genäht, stotterte auch den ersten Satz, Wesselin spazierte in der Stube. Laura senkte die Stimme noch tiefer. Sie sprach in den Larvenbart wie in einen Topf, schwitzte. Als Wesselin zu singen begann, hielt sie Eile für geboten. Bald betrat sie abgeschminkt wieder das Zimmer und entschuldigte ihre Abwesenheit mit Besorgungen. Der Sohn verlangte zwei Scheiben Schwarzbrot. Er verzehrte sie in großer Geschwindigkeit. Von Befürchtungen ledig, trank Laura Schnaps mit ihren Eltern. Olga Salman frohlockte über die Pensionierung ihres Mannes, die im Oktober nächsten Jahres bevorstand. Johann Salman knackte Nüsse und schimpfte auf die Weihrauchkerzen, die Frau und Tochter abwechselnd dem hölzernen Bergmann in den Bauch schoben. Später reichte Laura Neunerlei in blauer Luft. Beim Fernsehen. Wenn Jesus von Nazareth nicht vor eintausendneunhunderteinundsiebzig Jahren geboren worden wäre, hätte Laura ihn an diesem Abend erfunden.

*Irmtraud Morgner*

## *Der bunte Teller*

*Das Jahr, in dem ich endlich in den Kindergarten ging. Was 1970 beispielsweise außerhalb unserer kleinen Farm noch passierte, war dies:*

Die Beatlesplatte *Let it be* erscheint und wird Programm: Die Fab Four trennen sich an meinem dritten Geburtstag – Jimi Hendrix und Janis Joplin sterben – Christine Jorges präsentiert sich der Presse: Sie ist der erste Mensch, bei dem eine operative Geschlechtsumwandlung vorgenommen wurde – Die Journalistin Ulrike Meinhof verhilft dem inhaftierten Andreas Baader zur Flucht. Gemeinsam mit Gudrun Ensslin gründen sie in Folge die RAF (Rote Armee Fraktion) – Brandt (SPD) fährt als erster Bundeskanzler der BRD in die DDR – In der BRD wird das aktive Wahlalter von 21 auf 18 Jahre herabgesetzt – Unterzeichnung der Moskauer und Warschauer Verträge, durch die u. a. die Oder-Neiße-Linie als verbindliche Grenze offiziell anerkannt wird – Die brasilianische Fußballmannschaft, die Kennern als die weltbeste Mannschaft aller Zeiten gilt, gewinnt die WM in Mexiko. Dort wird zum ersten Mal mit einem offiziellen Ball vom Sportartikelhersteller Adidas gespielt – Im Oktober hebt der DFB das seit 15 Jahren bestehende Verbot des Frauenfußballs auf – Im Dezember geht Brandts Foto vom Kniefall am Mahnmal der Opfer des Aufstandes im Warschauer Ghetto von 1943 um die ganze Welt

# *Wann Weihnachten beginnt*

*Während die Vorbereitungen für einen Kindergeburtstag und die eigentliche Feier maximal drei Tage in Anspruch nahmen, verhielt es sich bei den Vorbereitungen für Weihnachten ganz anders. Weihnachten begann für uns Kinder lange vor dem 24. Dezember. Besondere Tage und Ereignisse stimmten auf die Atmosphäre des Festes ein und nicht etwa die frühzeitige Auslage von Weihnachtsgebäck im Supermarkt.*

## *Weihnachten*

Sie saß neben mir auf der Bank und badete ihr Gesicht in der Sonne. Sie hatte ihre Augenbrauen ausgewechselt, mit Pinzette: ein für allemal. Die neuen waren strenge Linien, die von der Kindheit trennten.

Wir schwiegen, sie bei geschlossenen Augen. Doch wer weiß, was sie sah, denn plötzlich sagte sie: »Wenn doch schon Weihnachten wäre.«

Die Rosen blühten.

»Was hast du vor zu Weihnachten?« fragte ich.

»Nichts«, sagte sie. »Aber dann wäre doch Weihnachten.«

Ich entsann mich, daß sie auch vergangenes Jahr nicht hatte auf den Weihnachtsbaum verzichten wollen. Geschmückt mit Lametta, Zuckerwerk und zwölf Kerzen, hatte er in ihrem Zimmer gestanden – vor einem riesigen roten Plakat mit lachendem Che Guevara.

*Reiner Kunze*

☆

Dazu zählen der Martinsumzug im November mit selbst gebastelten Laternen aus schwarzem Karton und bunten Sternen ebenso wie der Nikolaustag, an dem man seine frisch geputzten Schuhe vor die Tür stellte: *Niklaus legt gewiss was hin*. Auch die vier Adventssonntage, die eine besonders besinnliche Stimmung verbreiteten, dienten hervorragend dazu, die Spannung bis zum Weihnachtsfest auf ein fast unerträgliches Maß zu steigern.
Hinzu kamen die Weihnachtsvorbereitungen in der Schule. Unsere Klassenlehrerin hatte uns auf Matrize ein Gedicht abgezogen, das wir auswendig lernten, um es an Heiligabend neben dem Christbaum aufzusagen. Im Werkunterricht entstand ein Weihnachtsgeschenk für die Eltern. Im Kindergottesdienst wurden die Proben für das Krippenspiel aufgenommen. Der Turnverein der Sport- und Kulturgemeinde B., dessen Vorsitzender jetzt mein Bruder ist, erarbeitete mit uns kleine Choreographien, die wir während der Nikolausfeier vor unseren Eltern aufführen wollten. Weihnachtslieder, die auf allen Feiern gesungen werden würden, wurden eingeübt. Zu Hause bastelten wir Strohsterne oder

unendlich scheinende Ketten aus farbigem Stanniolpapier. In der Weihnachtszeit gab es immer – immer! – was zu tun. Von Langeweile keine Spur.

Auch wenn die Siebziger noch nicht diesen Begriff hatten, gab es sie schon: *die weihnachtliche To-do-Liste*.

Zu den Vorbereitungen, die jedem Weihnachtsfest vorausgehen, gehört in erster Linie und unbedingt das *Plätzchenbacken*. Und seien wir ehrlich: Auch im ersten Jahrzehnt des 21. Jahrhunderts ist es immer noch eine Frage der Ehre, Selbstgebackenes in Blechdosen aufbewahrt zu wissen und nicht nur die Reste einer angebrochenen 400-Gramm-Packung Gewürzspekulatius aus dem nächstgelegenen Supermarkt.

In der Wohnküche, wo in den Siebzigern bis zum Einbau einer modernen Einbauküche mit Geschirrspülmaschine und integrierter Brotschneidemaschine tatsächlich ein Sessel neben dem Büffet stand, wurden an etlichen Nachmittagen im Dezember bis in die späten Abendstunden Unmengen von Plätzchen ausgestochen und gebacken. Auch ich durfte dabei helfen, obgleich das Plätzchenbacken in den Siebzigern anders als heute nicht als Erlebnisnachmittag für Kinder gedacht war. Damals ging es um Wichtigeres: um das Ansehen der Hausfrau.

»Aber wasch dir erst mal richtig die Hände. Die sind ja ganz blau.« Die königsblaue Tinte an meinen Fingern war immerhin ein Beweis dafür, dass ich meine Hausaufgaben schon gemacht hatte, weswegen sich die Frage danach erledigte. Sah man ja. Ich ging in das pastellgelb geflieste Bad, dessen Kacheln von meiner Schwester und mir mit unzähligen Prilblumen beklebt worden waren, welche dort bis zum Abschlagen der Kacheln ein Jahrzehnt später zu Gunsten grüner mit Dekor verblieben, weil kein Reinigungsmittel der Welt es je vermochte hätte, sie wieder abzulösen. Ich schrubbte mir die Hände mit einer Wurzelbürste. In der Küche präsentierte ich die sauberen Hände triumphierend den kritischen Augen der Mutter. Ja, sie waren sauber.

*Nicht nur sauber, sondern rein* war die Schürze, die ich mir jetzt umbinden lassen durfte.

Mit hochgekrempelten Ärmeln kniete ich am großen Küchentisch, an dem zu den Mahlzeiten acht Personen Platz nahmen, vor zwei großen Schüsseln. Bevor ich selbst einige Plätzchen ausstechen durfte, musste ich erst für den nächsten Plätzchenteig das Mehl der einen Schüssel in die andere sieben. Im Mikrokosmos dieser Schüsselwelt war ich Schöpfer und ließ es – gespiegelte Wirklichkeit – tüchtig schneien. »Mach doch nicht so viel Dreck!« War doch kein Dreck. »Ist doch nur Mehl.« »Macht aber Dreck.«

Am Ende solcher Tage, wenn es draußen schon dunkel geworden war, hatte auch ich einige Plätzchen ausgestochen und noch mehr genascht. Auf allen Abstellflächen der Küche lagen unzählige runde und rechteckige Backbleche mit ausgestochenen Engeln, Sternschnuppen, Tannenbäumen und aus Teigresten geformten Brezeln, die ich mit einem verquirlten Ei bestrichen hatte und die gleich gebacken werden würden. Noch beim Einschlafen roch es im ganzen Haus bis in mein Zimmer ganz wunderbar. Sorgen darüber, wohin die Köstlichkeiten – die Butterplätzchen, das Spritzgebackene, die Anisplätzchen, die Koksmakronen, die Zimtsterne, die Vanillekipferl und die Argusaugen – bis Weihnachten verschwanden, während ich schlief, musste ich mir nicht machen. Wenn sie von der herrschenden Klasse offiziell zum Genuss freigegeben wurden, hatte ich davon längst genug gegessen. Gewusst, wo: in einem riesigen Emailletopf mit Deckel auf dem Dachboden, rechts hinten in der Ecke. Gleich neben dem bunten Elisenlebkuchen-Sortiment, das in einer schmucken Blechkiste jedes Jahr aus Nürnberg mit der Post kam und in dem ich das Lebkuchenhaus mit Hänsel und Gretel und der bösen, buckligen Hexe wusste, das ich zu Nikolaus bekommen würde.

Unweit davon befand sich auch die Pappkiste mit dem weihnachtlichen Dekorationsmaterial. Darin waren Dinge, die nur vom 1. Advent bis zum 6. Januar im Haus hingen, an den Fensterscheiben klebten oder auf den Tischen standen. Kerzenhalter in Form von kleinen Engeln, selbst bestickte Tischdecken mit großen goldenen Glocken, roten

Schleifen und grünen Tannenzweigen. Bilder in Wechselrahmen mit Weihnachtsmotiven und Dinge, deren Namen ich weder damals noch heute wusste und die *weihnachtliches Ambiente* versprachen. Wie der Adventskranz, der von der Großmutter mit Zweigen aus dem Garten selbst gebunden wurde.

In den Siebzigern entstanden im Töpferkurs meiner älteren Schwester ein paar unförmige Tonfiguren, die Heilige Familie eben und der Rest, die um den Adventskranz mit den dicken, roten Kerzen herum gruppiert wurden. Lange sah es so aus, als würden sie eines Tages versehentlich vom Tisch gestoßen werden und auf dem Boden zerbrechen. Bis heute sind sie diesem Schicksal entkommen. Maria, Josef und das Kind sehen noch genauso aus wie damals, als meine Schwester zu Beginn der Weihnachtsferien damit nach Hause kam, um sie voller Zweifel zu zeigen. Sie warnte uns vor: »Die sind aber nicht so schön geworden.«
Wenn der Bruder nicht lauthals zu lachen begonnen hätte, hätte die Schwester vermutlich nicht geweint. Dann wäre der Bruder nicht auf sein Zimmer geschickt worden, wohin er beleidigt verschwand, uneinsichtig: »Wenn man noch nicht mal hier seine freie Meinung äußern darf, wo denn dann? Wir sind doch nicht in der DDR!«
*Wenn das Wörtchen wenn nicht wär:* Darüber konnten wir stundenlang nachdenken.

Mit der Art der Betrachtung haben sich die kleinen Tonfiguren der Schwester verändert. Sie sind – wer hätte das damals gedacht? – Jahr für Jahr schöner geworden. Die Figuren wurden fester Bestandteil weihnachtlicher Dekoration, mehr als eine bloße Geste. Sie widersetzten sich nicht nur dem Gestaltungsdogma der Siebziger, sondern auch dem meines Bruders ganz entschieden und wären in den folgenden Jahrzehnten vermisst worden, wenn sie nicht jedes Jahr wieder um den Adventskranz herum aufgestellt worden wären. Im neuen Jahrtausend gar sind sie als Relikt kostbarer denn je und Erinnerung daran, dass wir einmal Kinder waren. Und damit: ganz andere. Und doch dieselben.

Spätestens Ende November musste meine Großmutter daran denken, ihre *Weihnachtspost* nach Zwickau zu erledigen, die sonst nicht mehr rechtzeitig ankommen würde. Oma B. hatte eine Schulfreundin, die drüben lebte. Und so saß sie nach reichlich getaner Arbeit am Abend im Schein der Küchenlampe und schrieb Zeile um Zeile in einer wunderbar gleichmäßigen und poetisch anmutenden Schrift von ihrem Leben, dem Wetter und den Ereignissen im Dorf. Es war noch wichtig, wer wen geheiratet hatte und wer woran gestorben war.

Mit der Klassenkameradin pflegte Oma B. einen intensiven Briefwechsel. Für diese Generation, die in der Volksschule noch anlässlich des Geburtstages des letzten deutschen Kaisers einen Wecken ausgeteilt bekam, war der Klassenver-

band Grundlage einer lebenslang empfundenen Zugehörigkeit. Ich hingegen kann mich kaum mehr an die Namen all meiner Mitschüler erinnern. Wenn ich gelegentlich den ein oder anderen bei meinen Besuchen in B. erkenne, schauen entweder sie oder ich erst neugierig, schließlich verschämt zur Seite. Und das liegt nicht nur daran, dass man sich mittlerweile auch auf dem Friedhof begegnet. Merkwürdig. Als wäre das Wissen einfach zu peinlich, in den Unterrichtspausen vor dreißig Jahren gemeinsam aus einer *Capri-Sonne Orange* getrunken und vom Brot des anderen gegessen zu haben, weil es mit einer leckeren *Eszet-Schnitte* belegt war anstatt mit einer Scheiblette.
Oma B. und die Freundin aber hielten sich die Treue. Daran änderte auch der Eiserne Vorhang nichts. Und wenn ich Ende November mit meiner Großmutter den Brief und das Päckchen zur Post brachte, damit es einen Monat später 408 Kilometer und eine Welt entfernt unterm Weihnachtsbaum liegen konnte, war es auch immer bestückt mit dem reichhaltigen Warenangebot der BRD.

Als Espresso noch nicht Kaffeekultur war, musste es die »Krönung« von Jacobs Kaffee sein. *Für den vollendeten Kaffeegenuss.* Dazu gab es Schokolade. *Milka im lila Papier. Die zarteste Versuchung, seit es Schokolade gibt.* Werbesprüche, an die man sich selbst nach über dreißig Jahren nicht erinnern muss, einfach deshalb, weil es die Produkte noch immer

gibt und die Claims entweder immer zeitlos waren oder aber: geworden sind.
Extra gut eingepackt wurden die Seifen, damit der Kaffee nicht nach *LUX in fünf sanften Farben: Weiß, Blau, Rosa, Grün und Gelb* schmeckte. Dazu *Shamtu Shampoo: wäscht Spannkraft ins Haar.*
Ohne Erwiderung blieb das Geschenk für den Osten selbstredend nie. Oma B. packte aus dem Zwickauer Päckchen am Weihnachtsabend Briefpapier, Bücher, Schallplatten und Dresdner Stollen aus. Und während die kulinarischen Köstlichkeiten der BRD und DDR längst aufgegessen sind und selbst die innerdeutsche Grenze verschwunden ist, steht seit dreißig Jahren in der Küche des Hauses, in dem ich aufgewachsen bin, ein Nussknacker aus dem Erzgebirge in einem grünen Jägergewand. Zum Nüsseknacken haben wir ihn selten benutzt, er hätte ja kaputt gehen können. Wir spielten mit ihm, während wir auf das Essen warteten oder noch nicht aufstehen durften. Wir unterstrichen unsere Meinung, indem wir ihn sprechen ließen. Wir erfanden kleine Situationen, Geschichten, vermeintliche Witze. Sprachlos geworden ist er nie. Die nächste Generation, die unserer eigenen Kinder, spielt das gleiche Spiel, ohne dass wir ihnen unseres erklären mussten.
Das letzte Wochenende vor Heiligabend war ganz profanen Dingen gewidmet: Um es über Weihnachten schön gemütlich zu haben, musste es schön sauber sein.

*Aufräumen* ist etwas, was man tut, ohne darüber zu sprechen. Vermutlich das wirklich allerletzte große Tabuthema unserer Gesellschaft. Deswegen wird diese Tätigkeit auch an dieser Stelle ausgespart; obwohl feministische Untersuchungen der Siebziger sehr genau ermittelten, wie viele unbezahlte Stunden eine Mutter im Haushalt pro Tag arbeitete: gute 13,5 Stunden. Das bisschen Haushalt ging trotz relativ neuartiger Geräte wie der Waschmaschine, Geschirrspülmaschine und dem Staubsauger doch nicht von alleine. Es bedurfte beispielsweise noch des Teppichklopfers oder der Fusselrolle, die heute zum Glück verschwunden sind. Genauso wie die Fransen vom Wohnzimmerteppich, die nur in Handarbeit so akkurat gekämmt werden konnten – von Kindern, die in ihre späteren Aufgaben hineinwachsen mussten und doch in allem nur in eine Möglichkeit sahen, ein neues, imaginäres Spiel beginnen zu können. Frisör zum Beispiel: Welche Frisur hätten's denn gerne?

## *»O Heiland, reiß die Himmel auf«*

Fast aus Rache umarmte das Kind diese Leute, die es sich nicht leicht machten und trotz beruflicher Überlastung ein hilfloses verwaistes Kind adoptiert hatten. Sei nicht so überdreht, empfahlen sie ihm. Bedanken, wenn auch nur für dieses Wollmützchen da, ist völlig korrekt, ja durchaus erwünscht, aber statt *Millionen Dank* und dem ganzen Schwulst wäre uns *vielen Dank* oder *herzlichen Dank* lieber. Merk dir das für die nächsten Gelegenheiten. Für Weihnachten, zum Beispiel. Du machst dir doch so viel aus Weihnachten. Du übertreibst es ein bisschen damit, aber wir gehen ja drauf ein. Nur: *dir zuliebe* musst du dich schon etwas von uns steuern und stoppen lassen, gell?

Durchs Zuhören vom Bett aus erfuhr das Kind: Für uns, Kurt und mich, ist es besonders um Weihnachten herum etwas schwierig, da Paula aus einem gläubigen Haus stammt, das muss doch wohl irgendwie in ihr verwurzelt sein, die Großeltern waren ja sogar kirchlich, falls das Gerücht stimmt, stimmt aber wohl. Nein, den Kontakt mit den Großeltern halten wir vorläufig weiterhin für ungünstig, und deshalb unterbleibt er, bis – na ja, Abwarten. Da, und dann: Paulas um Weihnachten herum natürlich auf Hochtouren laufende Gefühligkeit. Wir bauen da behutsam ab, peu à peu. Ja, kompliziert. Gläubig sind wir nun mal nicht. Andere Stimmen, die sich ebenfalls zu bewusster humanitärer atheistischer moralischer Grundeinstellung bekannten. Kirchenaustritte. Eine Stimme: Erst mal schon wegen der Steuern. Christa: *Das* mag wohl mitspielen, ist aber bei uns nicht der Impuls, wahrlich nicht. Wir haben es uns in keinem einzigen Denkbereich je leichtgemacht, auch nicht mit diesem, allerdings fiel er auf diesem doch arg suspekten Terrain eine Spur kürzer aus als auf anderen. Als liberale und tolerante Anhänger des Prinzips der persönlichen Freiheit haben wir jedoch Paula nicht vom Religionsunterricht befreien lassen. Wieso, sagte Kurt, doch nur nicht, weil sie nicht gewollt hat. *Du* hast es doch gewollt, Christa. Na schön. Soll sie das gesamte Freiheitsdenkspielfeld, das unsere Gesellschaft bietet, haben. Wird auch konfirmiert. Es soll ihr, sobald sie besser nachdenken kann, sozusagen das ganze 20. Jhd. zur Verfügung stehen. Jetzt läuft sie noch all zu emotionell verbohrt hinter den Angeboten der Seele her. Aber so weit gehen wir immerhin doch mit unserem eigenen Selbsterhaltungstrieb, dass wir kein Tischgebet oder Abendgebet praktizieren. Ich fürchte, ich brächte das auch nicht so richtig hin. Käm mir doch komisch dabei vor. Gott so als Wort, das kommt ja oft genug vor, natürlich, klar. Man kann viel von sich verlangen, das wissen wir zwei und das üben wir zwei aus, alles aber nicht. Darunter, unter das *Nicht*, fällt entschieden eine Religiosität, die man heucheln müsste. Ich nehme an, solche Heuchelei wäre schlechter für Paula als unsere sozusagen himmlische Abstinenz. Sie ist übrigens fast bis zur Bigotterie prüde in so Sachen, zum Beispiel, wer sagt nicht mal als Unmutsäußerung *Herrgottnochmal*, und dann wird sie ärgerlich, stellt euch vor. Trotzdem, wir unterdrücken alles wie Spott oder Lachreiz, alle einfach impulsiven Reaktionen, wenn sie uns so sektiererisch kommt. Die andern Stimmen ergingen sich in Bewunderung für eine so taktvolle beherrschte Haltung der Adoptierer, sogar noch den frömmlerischen Textplagiaten gegenüber aus Paulas Gesangbuch. Paula, zehrt sie nicht ganz schön an der Substanz, zum Beispiel eurer Geduld, hm? Was macht ihr so mit eurer Skepsis, he? Hier, lest das mal: O Heiland, reiß die Himmel auf / So dulde ich den Erdenlauf / O schenk uns Kraft und Zuversicht / Dann löscht der Tod mein trübes Licht. – Doch, ja, da habt ihr Recht, da mussten wir schon mal eingreifen, wegen der letzten Zeile insbesondere. Oder hier: Es kommt ein Schiff geladen / Es nimmt mich mit an Bord / Weil wir nicht glücklich waren / Ich gehe von hier fort. – Gegen so viel doch rein künstlichen und forcierten Trübsinn mussten wir das tun. Das Kind musste lernen: hier sind zwei psychovegetativ entkoppelte Erwachsene mit klaren Köpfen.

Von da an ist das Kind eingeschlafen. Es hat noch schwach in sich das Wort *Benzodiazepinderivate* aufgenommen und gemerkt, dass sie das Thema gewechselt hatten, wieder mal von der aufregend pharmakologischen Beeinflussung der Körperfunktionen redeten. Alles ist Stoffwechsel. Alles ist endokrin. Glauben oder Nichtglauben auch. Sind nur die Hormone. Bevor das Kind *verdammt* und noch was Beschimpfendes deutlich denken wollte, nahm der Schlaf es weg.

Ein kleines lustiges Gekreisch hat es irgendwann später noch mal aufgeweckt: den Gästen war irgendwas, vermutlich ein volles Glas, umgefallen. Christa setzte einen Satz fort: . . . und der verstieß gegen jede Tradition zwischen Kurt und mir, dieser Adventskranz, den Paula uns gekauft hat. Zur Überraschung, angeblich. Ein ziemlich mickriges, viel zu teures Ding, und wir machen so was ja nicht mit, Adventskram, ließen uns aber nichts anmerken. Ich habe mich nur, damit sie etwas von diesem Misskauf profitierte, aber ohne ihr Gemütsleben zu lädieren, hinreißen lassen müssen zur Bemerkung: der nadelt ja schon, weißt du, und zu *dem* Preis . . . mehr nicht. Kurt und Christa hatten statt eines Adventskranzes ein sogenanntes künstlerisches und ganz unverfängliches Arrangement, das passte genauso gut in den Juni. Trotz Tannenzweigen und Kiefernzapfen und Strohblumen. Trotz der einen einzigen Kerze, die asymmetrisch in dem Gebilde untergebracht war. Von *Die Tage sind so dunkel* sang das Kind immer nur die 2. Stimme. Die 1. Stimme sang keiner, es hörte sie aber mit. Warum machst du das? Weil früher meine Schwester Marlenchen immer die 1. Stimme gesungen hat und ich die 2. Die Erwachsenen schwiegen, nur Christa seufzte auf die Spezialseufzart, auf die beziehungsreiche, verzweifelnde. *Leise rieselt der Schnee.* Es fällt doch kein Flöckchen, Paula. Paula, wach endlich auf. Wir haben einen gottlob ganz herrlich milden Dezember. Mal wieder umdichten: *Die Tage sind so traurig / die Nächte lang und kalt* (manche Zeilen brauchte man gar nicht zu verändern). Jetzt weiter, was kam auf *traurig? Schaurig?* Nein. *Traurig* war einfacher und deshalb stärker. Schaurig war auch nichts. Auf *kalt* musste ein Reim mit dem geliebten *Wald* enden. Zum Beispiel *Wie trostreich ist der Wald.* Oder: *Gott spricht mit mir im Wald. Leise rieselt der Schnee / Ach, meine Seele tut weh / Einsam will ich in den Wald / Warte nur: Gott ruft dich bald.*

*Gabriele Wohmann*

## *Der bunte Teller*

*Das Jahr, in dem ich Rad fahren lernte und so eine gewisse Unabhängigkeit erreichte. Was 1971 außerhalb unserer kleinen Farm noch so passiert, war beispielsweise dies:*

Eine kleine Gruppe amerikanischer und kanadischer Umweltschützer, die sich Greenpeace nennen, verhindern einen Atomtest der US-Regierung in Alaska – Erich Honecker wird Nachfolger Walter Ulbrichts als erster Sekretär des Zentralkomitees der SED in der DDR – Unterzeichnung des Viermächteabkommens über Berlin. Der Sonderstatus der Stadt bleibt erhalten – Jim Morrison stirbt – Bianca heiratet Mick Jagger – In Karlsruhe werden die allerersten Einrichtungswarenhäuser eröffnet (man ging zu Mann Mobilia, als es IKEA noch nicht gab) – 374 Frauen bekennen sich in der Zeitschrift *stern* dazu, abgetrieben zu haben, gleichwohl dies mit einer Freiheitsstrafe mit bis zu drei Jahren geahndet werden kann – 66 Prozent der schweizerischen Männer stimmen für die Einführung des aktiven und passiven Frauenwahlrechtes (!) – Intel gibt die Erfindung der Mikroprozessors bekannt – Die erste E-Mail wird verschickt – Gründung von *Ärzte ohne Grenzen* in Paris – Der erste deutsche *McDonald* eröffnet in München – In Großbritannien wird das erste Frauenhaus Europas seiner Bestimmung übergeben – Im Boxkampf des Jahrhunderts erleidet Muhammad Ali gegen Joe Frazier seine erste Niederlage als Profiboxer – Willy Brandt erhält den Friedensnobelpreis

# *Selbst ist das Kind*

*Ich war klein und hatte die 1,28-Meter-Marke noch nicht überschritten. Die Welt war überschaubar. Dass das nicht ewig so sein würde und auch mein Lebensweg unweigerlich an Größe gewinnen würde, war mir durchaus bewusst. Darauf verwies schon die regelmäßig von Tanten gestellte Frage: »Was willst du denn mal werden, wenn du groß bist?«*

Bald nach dem Eintritt in das Schulleben war diese Frage leicht zu beantworten. Mein Berufswunsch stand fest: Ich würde Lehrerin werden. Wie sie. Frau Breuer, meine Klassenlehrerin.

Aber erst einmal musste ich lesen und schreiben lernen. Bis Weihnachten würden wir, die Schüler und Schülerinnen der Klasse 1a der Hans-Quick-Schule, uns diese Fertigkeiten angeeignet haben. Dann sollten wir nicht nur die Vornamen »Hans« und »Suse« in der lateinischen Ausgangsschrift lesen, sondern auch lesend weiterführende Informationen darüber erhalten können, wie sich die Geschwister Hans und Suse in ihrem kleinen Kosmos von Familie, Schule und Freizeit im Laufe eines Jahres beschäftigen. In der Adventszeit beispielsweise.

Mama backt
was backt Mama
Mama backt einen Kuchen
was backt Hans
Hans backt Esel und Elefanten
Hans backt einen Nikolaus
was backt Suse
Suse backt Sterne
Suse backt Herzen
Suse backt Sterne und Herzen
für den Christbaum

Herz

Stern

Christbaum

36

Hans und Suse konnten nicht einfach *Plätzchen* backen. Die Umlaute, die dazu notwendig gewesen wären, würden wir erst im Februar durchnehmen. Auch die Grundregeln der Interpunktion standen in den Siebzigern noch nicht auf dem Lehrplan des ersten Halbjahres von ABC-Schützen. Die kurzen Sätze liefen immer ins Leere. Dabei hätten wir zumindest das Fragezeichen noch vor den ersten Weihnachtsferien begriffen. Denn die Frage »Was kriege ich zu Weihnachten?« war allgegenwärtig.

Was, ja, was würde ich wohl dieses Jahr zu Weihnachten bekommen? Ich wünschte mir ein Kuschelkissen in Form eines Gesichtes mit aufgestickten blauen Augen und einem lachenden roten Mund aus Filz. Eine große Puppe mit schönen langen blonden Haaren, die man toll frisieren konnte und die Yvonne heißen würde, ein In-Name der Siebziger. Eine echte Barbiepuppe? Unbedingt. Am besten mit beweglichen Knie- und Armgelenken. Eine Ausführung, die es erst seit kurzem zu kaufen gab und von denen Regina Hunold trotzdem schon unzählige besaß.

Außerdem brauchte ich ein Poesiealbum, in das ich meine Freundinnen reinschreiben lassen würde. Und Oma und Opa B., Oma E., die Eltern, Christa und Werner, Tantehertaundonkelhans. Die Geschwister? Vielleicht. Aber nur, wenn sie ihren Sinn für Poesie zuvor ernsthaft unter Beweis

stellen würden, den ich bei den Lehrern und natürlich: Frau Breuer voraussetzte.
All meine Wünsche für das Weihnachtsfest 1973 wurden erfüllt. Ins Poesiealbum hatte sich sogar schon jemand eingetragen:

»Aus Liebe!
Sei immer zufrieden,
verlang nicht so viel.
Dann kommst du zwar langsam,
aber sicher ans Ziel.«

Ein Vierzeiler wie dieser musste in Vergessenheit geraten. Und das nicht nur, weil es mittlerweile keine Poesiealben mehr gibt.

Bevor ich in Gedanken den eigenen Geschenken nachhängen durfte, musste ich die Geschenke der anderen anfertigen. Geben und Nehmen eben. Umsonst ist nur der Tod.
Vier Grundschuljahre lang bastelten wir jeweils am Ende des Jahres das Weihnachtsgeschenk für unsere Eltern. Dabei standen Dinge auf dem Werkunterrichtsplan, die heute kein Kind mehr anfertigt – und das ist gut so!
Während Frau Breuer uns in den Elementarfächern unterrichtete, bekamen unsere Parallelklasse und wir für den Werkunterricht eine neue Lehrerin. Eine junge Frau mit

Kurzhaarschnitt, die ihr Referendariat absolvierte und mit dem eigenen Wagen aus der Kreisstadt kam, wo sie wohnte. Unser Frl. Mink.

Damals sagte man noch Fräulein zu einer Frau, die nicht verheiratet war. »Und wie heißen die unverheirateten Männer?«, wollte ich von Hermann wissen, der bald heiraten würde, heute aber geschieden ist. Mir drängte sich die Frage auf. »Herrlein, Herrchen oder wie?« Ich konnte nicht ahnen, dass ich, siebenjährig, damit ein linguistisches Minenfeld betreten hatte; dass ich ein Kind meiner Zeit war, den Fragen der Frauenbewegung ganz nahe stand, die auch sprachliche Gleichberechtigung einforderte.

Jedem Kind der Klasse wurde ein Holzlöffel ausgeteilt. Ein Holzlöffel ist ein Holzlöffel ist ein Holzlöffel? Mitnichten: Die Siebziger kannten *Zen und die Kunst ein Motorrad zu warten* und so entfachte der Holzlöffel in uns allen ein wahres Feuerwerk der Kreativität.

In den wöchentlichen Werkstunden wurde der Holzlöffel mit Plakafarben orange und grün bemalt und mit drei Schraubhaken versehen. Aus einem einfachen Holzlöffel wurde auf diesem Weg ein raffinierter, unentbehrlicher und dekorativer Topflappenhalter für die Küche – noch ohne Topflappen allerdings, denn Häkeln würden wir erst zwei Jahre später lernen. So begab es sich, dass in der Christnacht 1973 in ungefähr sechzig Haushalten meines Dorfes

B., das damals noch kleiner und übersichtlicher war, Grundschulkinder der ersten Klasse in ihren besten Kleidern in festlich geschmückten Zimmern standen und ihren Müttern längliche Päckchen überreichten, die höchst viel versprechend aussahen und auf einen wunderbaren Inhalt hoffen ließen. Und so war es ja dann auch.

*Atzventzkrantz*

Kommet, ihr Hirten übte Wiebke auf der Blockflöte, und ich übte O du fröhliche auf dem Klavier. Christ ist erschienen, uns zu versühnen. Was das wohl heißen sollte, versühnen?

Einmal setzte sich auch Papa ans Klavier und spielte was: Tochter Zion, freue dich. Papa am Klavier, das war eine Premiere. Ich hatte nicht mal gewusst, dass Papa Noten lesen konnte.

Gnadenbringende Weihnachtszeit.

Allerneueste Mode waren Gutscheine. Von mir kriegte Wiebke einen für ein Legohaus für ihre Puppe, Mama einen für zweimal Staubsaugen im Hobbyraum und Papa einen für dreimal Unkrautrupfen, und Volker überreichte mir einen für den nächsten geangelten Aal.

Eine andere neue Mode war, dass wir beim Baumschmücken mithelfen durften. Früher hatten wir den Christbaum vor der Bescherung nicht einmal schief ankucken dürfen, und jetzt sollten wir Kerzenhalter anbringen und Lametta über die Äste legen. Die empfindlichen Kugeln durfte aber nur Papa aufhängen.

Den Kirchgang ließen wir sausen.

Papa hatte den Fotoapparat aufs Stativ gesteckt und knipste uns mit Blitz beim Singen in der Tür, aber das Foto konnte

man nachher niemandem zeigen. Volker hatte seinen viel zu klein gewordenen Konfirmationsanzug an, bei mir sah man die abstehenden Ohren zwischen den Haaren, und Wiebke, die auf der Blockflöte trötete, machte auch keinen besseren Eindruck mit ihrem rosanen Kleid und der knallgelben Strumpfhose. Nur Mama und Renate sahen halbwegs normal aus.
Im Stillen hatte ich gehofft, doch noch das Rennrad oder die Gitarre zu kriegen, aber mein Hauptgeschenk war ein neuer Ranzen aus grünem Leder mit goldener Schnalle. »Behandele den pfleglich«, sagte Mama und kuckte den Ranzen so an, dass man ahnen konnte, wie teuer der gewesen war. Nicht so teuer wie das Rennrad, aber teuer genug, und ich musste so tun, als ob ich mich wer weiß wie darüber freute, wenn ich mir keinen neuen Ärger einhandeln wollte. Tante Therese hatte mir einen Slip zugedacht. Beim Befühlen von Tante Dagmars Päckchen hatte ich Angst, dass da auch nur Anziehscheiß drin sei, aber dann war eine blaue Umhängetasche drin mit dem Kicker-Kalender '75, einem Portemonnaie, zehn Mark, einer Tafel Schokolade und einem Buch von Enid Blyton: Rätsel um das verlassene Haus. Nicht schlecht, Herr Specht!
Volker hatte einen elektronischen Taschenrechner gekriegt und Geld für seinen heiß ersehnten Mopedführerschein. Wenn er den besaß, sollte Papas altes Moped repariert werden, das im Heizungskeller stand.

Renate legte als Gedächtnisstütze eine Liste an, von wem sie was gekriegt hatte. Nussknacker, Kalender, Blitzgerät, Schere, Wollkorb, Tuch, Kerzen, Bleistiftständer, Geld, und dazu die Namen. Der Nussknacker war aus Holz und wie eine dicke Pfeife geformt. Die Nüsse wurden in den Kopf gelegt und dann mit dem Stiel kaputtgeschraubt, aber das ging nur mit Walnüssen. Haselnüsse flutschten immer weg, und Paranüsse waren viel zu robust für den Holznussknacker.

Am ärmsten war wieder Wiebke dran mit Malkasten, Mäppchen, Füller, zwei Rundstricknadeln und dem saudoofen Spiel Reversi. Da musste man auf einem Brett grüne und rote Plättchen auslegen, was ungefähr so unterhaltsam war wie Mühle.

Von Papa hatte Mama einen Römertopf geschonken gekrochen bekommen, einen neuen Couchtisch als Ersatz für den alten Kurbeltisch, eine Staffelei und ein illustriertes Buch dazu: The Complete Book Of Drawing And Painting. »Mein lieber Scholli«, sagte Mama. Sie hatte für Papa auch ein Buch gekauft: Farbe und Verhalten im Tierreich.

Alle Jahre wieder. Oma Jever hatte einen Christstollen geschickt, mit Anis. Auf meinem bunten Teller lagen eine Toblerone und ein Bounty. Die Toblerone schmeckte gut, aber das Bounty weniger, weil da Kokos drin war. Als Wiebke und ich zufällig mal alleine im Wohnzimmer wa-

ren, bot ich ihr mein angebissenes Bounty für ihr angebissenes Nuts an, und sie ging auf den Tauschhandel ein.
Steht auch dir zur Seite, still und unerkannt, dass es treu dich leite an der lieben Hand.
Aus der Werkstatt kam Papa mit einem Riesenadventskranz hoch, den er da heimlich gebastelt hatte.
Ein Wort mit drei tezett: Atzventzkrantz.
Das Ding war so groß wie ein Elefantenklo und wurde in der Diele aufgehängt, was sehr viel Zeit in Anspruch nahm. Dann sollte Renate den Kranz mit den vier brennenden Kerzen fotografieren, nach Papas Anweisungen und aus allen möglichen Himmelsrichtungen, von oben, von der Seite, von der Treppe aus, von schräg rechts und von links und von der Garderobe aus. Als Papa sich im Flur auf den Rücken legte, um von unten einen guten Fotografierwinkel zu finden, wurde Mama böse, und es gab einen Krach, der damit endete, dass Papa die Garagentür hinter sich zuknallte und Mama die vom Elternschlafzimmer, aber dann kam Mama noch mal raus und holte das Schulterfleisch aus der Tiefkühltruhe.

Am ersten Weihnachtsfeiertag war der Tisch bereits seit einer Stunde gedeckt, aber das Schulterfleisch war immer noch nicht gar. »Wir haben Hunger, Hunger, Hunger«, sangen Volker und ich und hauten mit dem Besteck auf den Esstisch, bis Mama rief, dass wir die Backe halten sollten.

Beim Teetrinken glättete und faltete Mama das Geschenkpapier, und Renate strickte an einem Pullover mit Sonnenmotiv für ihren geliebten Olaf. Der Topflappen, den Wiebke in Arbeit hatte, war krumm und schief.
Einmal musste ich gleichzeitig husten und niesen, und danach hing mir ein Stück Anis irgendwo innen zwischen Rachen und Nase fest, wovon mir das linke Auge tränte.

Lästig an Weihnachten war, dass wir Bedankemichs schreiben mussten. »Geschenke kassieren und nicht mal danke sagen, das könnte euch so passen!«
Die Briefe durften nicht auf die lange Bank geschoben werden, und man musste auch einen Dreh finden, damit sie nicht zu kurz ausfielen.
Liebe Oma! Auch ich möchte mich herzlich für alles bedanken. Den Tuschkasten kann ich gut gebrauchen. Die Farben heißen: Gelb, Orange, Zinnoberrot, Karminrot, Indischrot, Indischgelb, Ockergelb, Gebr. Sina, Gelbgrün, Blaugrün, Preußischblau, Ultramarinblau, Umbra, Schwarz.
Viele Grüße von deinem Martin!
Das sei man ziemlich Nullachtfuffzehn, sagte Mama.

*Gerhard Henschel*

## *Der bunte Teller*

*Das Jahr, in dem ich fast einen Luftballonwettbewerb gewonnen hätte. Was 1972 außerhalb unserer kleinen Farm beispielsweise noch passierte, war dies:*

Verabschiedung des Radikalenerlasses, der Mitglieder extremistischer Organisationen (bspw. DKP) vom öffentlichen Dienst ausschließt – Misstrauensvotum der CDU/CSU: Mit nur zwei Stimmen Mehrheit bleibt Willy Brandt Bundeskanzler – Bei den Olympischen Spielen in München werden elf israelische Sportler durch palästinensische Terroristen getötet – Verhaftung der RAF-Mitglieder Andreas Baader, Ulrike Meinhof, Gudrun Ensslin, Holger Meins und Jan-Carl Raspe – Grundlagenvertrag zwischen der BRD und der DDR zur Ordnung der nachbarschaftlichen Beziehungen. Der Alleinvertretungsanspruch der BRD wird damit als außenpolitisches Prinzip aufgegeben – In Münster findet die erste deutsche Demonstration statt, die sich für die Rechte von Homosexuellen einsetzt – Kurt Waldheim, der später als österreichischer Bundespräsident wegen seiner verschwiegenen Mitgliedschaft im NS-Studentenbund und der Reiter-SA von ausländischen Politikern gemieden wird, wird Generalsekretär der UNO – Bloody Friday in Irland: Eine der IRA zugehörige Gruppe zündet am 21. Juli in Belfast und Umgebung 22 Bomben. Elf Menschen sterben und 130 Personen werden verletzt – Heinrich Böll erhält den Literaturnobelpreis

Hat der Lurchi keine Ski,
Bricht er aus dem Zaune sie,
Denn er brennt schon lang darauf,
Mitzutun im Abfahrtslauf.
Kaum gestartet, ach du Schreck,
Fliegt ihm glatt der linke weg.
Aber uns're Skikanone
Fährt das Rennen einfach „ohne,"
Alle Kurven nacheinander
Nimmt er kühn mit Salamander.

Abends dann, im Freundeskreis,
Feiert er den „Großen Preis".
Lang schallt's aus der Hütte noch:
„Salamander lebe hoch!"

# *»Der Friede der Welt fängt im Kinderzimmer an«*

*Wir waren die Babyboomer-Generation. In den Siebzigern gab es richtig viele Kinder in der Nachbarschaft. Gleich nebenan wohnten zwei Schwestern, mit denen ich spielend meine ganze Kindheit verbringen konnte – und es auch tat. Als wir uns den Salamanderschuhen entwachsen fühlten, trennten sich auch unsere Wege. Unsere Ziele wurden andere.*

Erst Jahre später, als ich erneut Kinderschuhe schnürte, jetzt jedoch die der eigenen Kinder, die immerzu wünschen: »Mama, erzählst du uns was aus deiner Kindheit?«, kamen sie wieder zurück: Angelika und Christiane. Im Winter zogen wir zu dritt mit dem Schlitten auf den Rodelberg im Wald, wo sich alle Kinder des Dorfes nach dem Mittagessen und den Hausaufgaben trafen. Mit schöner Regelmäßigkeit fuhren wir in den Schlitten der anderen oder ins Unterholz. Bei einsetzender Dämmerung gingen wir mit roten Backen und laufender Nase nach Hause. Unsere Wollhandschuhe waren durchweicht und die Hosen klamm. Goretex kam für uns als Kinder einfach zu spät. Vielleicht statten wir uns jetzt als Erwachsene deshalb so umfangreich damit aus, weil wir nie vergessen haben, wie sehr nasse, kalte Füße schmerzen können.

Wenn wir die Tage auf Grund des schlechten Wetters nicht draußen verbringen konnten, saßen wir im Zimmer von Angelika und Christiane und malten. Auf dem Plattenspieler kreisten mit 33 ⅓ U/min unentwegt Europa-Schallplatten wie *Die kleine Hexe Schrumpeldei*, *Hui Buh, das Schlossgespenst*, *Die drei ??? und der rasselnde Wecker* oder *Rübezahl*. Nach unzähligen Langspielplatten hatten wir ebenso viele Bilder, auf denen wir das kommende Weihnachtsfest mit seinen Motiven vorweggenommen hatten. Die Krippe mit dem Stall. Die himmlischen Heerscharen. Der geschmückte Baum. In allen vier Ecken des Blattes stand: »Fröhliche Weihnachten!«

Weihnachten, das gemeinhin auch als Fest der Liebe umschrieben wird, ist eine große Aufforderung, nicht nur an sich selbst, seine Familie und seine Freunde zu denken. Es sensibilisiert auch für Fürsorge über die eigentlichen sozialen Beziehungen hinaus. Wir empfanden es nicht anders. Obwohl wir Kinder waren, wollten wir uns nun um das Unbekannte und den Fremden kümmern. »Wenn etwas geschehen muss, tut man es am besten gleich ab.« Den Spruch, den mir die Lehrerin der Parallelklasse 1974 ins Poesiealbum schrieb, merkte ich mir sofort. Ich fand die Formulierung »tut man es am besten gleich ab« irgendwie merkwürdig. Konnte man das wirklich sagen: Wir fanden, dass etwas geschehen musste, und taten es gleich ab?

Das jedenfalls war der Grund, weswegen wir *gleich* in der Dämmerung durch die Lundgreenstraße gingen. Eine Straße, die auch heute noch erstaunlich wenig Verkehr hat. Wir zogen von Haus zu Haus, um unsere Bilder und damit etwas kindlichen Weihnachtszauber zu verschenken. Je leichter die Zeichenmappe wurde, desto schwerer wurden unsere Jackentaschen, die sich mit Äpfeln, Nüssen und Dominosteinen füllten. Als wir am letzten Haus unserer Route klingelten, wurde im oberen Geschoss ein Fenster geöffnet und eine Stimme fragte durch die Nacht, was wir wollten. Wir wiederholten beschwingt, womit wir bislang erfolgreich gewesen waren: »Wir sind vom Verein der Freunde und möchten Sie beschenken!«

Die Frauenstimme rief: »Wir kaufen nichts!«

Sie hatte uns wohl nicht richtig verstanden. Das konnte schon mal vorkommen. Deshalb erklärten wir unser Anliegen über eine Distanz von mehreren Metern erneut. Dass wir nichts verkauften, sondern im Gegenteil etwas zu verschenken hätten. Die Frau blieb unbeeindruckt und bellte jetzt: »Ich habe doch schon gesagt: Wir kaufen nichts! Und wir brauchen auch nichts!«

Keine Freude geschenkt bekommen zu wollen, sie noch nicht einmal zu brauchen bedeutete, *uns* die Freude des Gebens zu nehmen. Unser Vorsatz scheiterte hier, einfach so. In diesem Augenblick, in dem die Nacht zu uns rief: »Wir brauchen nichts!«, und den Zusatz meinte: ». . . von euch«.

Bevor die Eltern von Angelika und Christiane in das Nachbarhaus einzogen, hatten sie mehrere Jahre in Afrika gearbeitet. Die Erzählungen über das Leben dort und die mitgebrachten Einrichtungsgegenstände waren fremd, exotisch, faszinierend. Erst recht für mich, denn weniger Erfahrung mit fernen Ländern und fremden Menschen konnte kaum jemand haben. Ich war noch nicht einmal nach Italien gekommen, wohin man in den Siebzigern gerne in den Ferien fuhr. Und die italienischen Gastarbeiter, die in einem vernachlässigten, historischen Gebäude wohnten, bis es – aufwändig saniert – Sitz der größer gewordenen Gemeindeverwaltung wurde, waren noch nicht da.
Manchmal muss man eine Tür zuschlagen (»Schmeiß doch nicht *immer* die Tür so zu! Nimm doch *einmal* den Türgriff in die Hand, wenn du gehst!«), damit sich eine andere öffnet (»Halloooooo, ich bin's. Wollen wir zusammen spielen?«), und so sah ich bei Christiane und Angelika eines Tages den ersten Farbigen meines Lebens. Eine echte Sensation, die ich auf jeden Fall am nächsten Tag in der Schule erzählen musste.
Wie fremd das Gewohnte wird, wenn nur die Farbe wechselt. Unverhohlen starrte ich den jungen Mann an. Mein Blick konzentrierte sich auf den starken Kontrast zwischen dem Weiß der Zähne und der schwarzen Gesichtshaut. Die Augen schienen mit Kajal schwarz eingefasst zu sein. Das Weiß des linken Auges war mit einer roten Ader durchzo-

gen und von der Iris ging ein Sog aus, der mich mitzog auf die andere Hälfte der Erdkugel, wohin ich nie kommen würde. Alles an diesem Menschen war schwarz: bis auf die Fingernägel und die Handinnenflächen. Die Haut wurde, je weiter sie von den Konturen entfernt war, immer weißer. Das war höchst seltsam. Nachdem der Besucher, mit dem französisch gesprochen wurde, wie ich hinterher erfuhr, endlich gegangen war, musste ich diesbezüglich sofort eine Frage stellen.

Die Nachbarsmutter erklärte meine Beobachtung mit der biblischen Weihnachtsgeschichte: Melchior sei mit den beiden anderen Weisen Kaspar und Balthasar dem Stern von Bethlehem gefolgt, nachdem sie die Verkündigung von der Geburt des Heilands vernommen hatten. Am Stall angekommen, überreichten sie Maria und Josef die mitgebrachten Geschenke Weihrauch, Gold und Myrrhe und betrachteten das Kind in der Krippe: Da lag es in Windeln gewickelt und bloß. Als es Melchior gesehen habe, habe Jesus ein Ärmchen ausgestreckt und ihn an der Handinnenfläche berührt. Und genau dort habe sich zum Beweis die Hautfarbe verändert.

Die Erklärung warf noch andere und größere Fragen auf, die mich auf dem Nachhauseweg beschäftigten: Was eigentlich bewies das alles? Hatten alle Farbigen weiße Handinnenflächen? Oder nur die direkten Nachkommen Melchiors?

Egal, dachte ich beim Einschlafen. Melchior konnte auf jeden Fall froh sein, dass er gleich zur Geburt angereist war. Denn wenn der erwachsene Jesus Melchior begrüßt und umarmt hätte! Dann wären auf dessen Rücken zum Beweis von was auch immer die Abdrücke von zwei großen Armen und Händen. Und das sähe vielleicht doof aus.

*»Gottes Wort lebt. Durch dich!«*

Es muss schon im November gewesen sein, in den Pausen gingen wir nicht mehr auf den Hof, als er mir etwas über Wesen von höherer Intelligenz zuflüsterte. Das war deshalb überraschend, weil seine Mutter bei der Polizei arbeitete und sein Vater, ein strenger und sparsamer Mann, in der Schule Hausmeister war.

Von nun an raunte mir Hendrik Tag für Tag einen neuen endgültigen Beweis für unsere Abstammung von Außerirdischen zu und teilte mir seine Theorie über die Energieform mit, die er als den Antriebsstoff der außerirdischen Raumschiffe vermutete. Dabei wand er seine Arme und Hände umeinander, als versuchte er, sich selbst zu fesseln. Kurz vor Weihnachten fragte mich Hendrik, ob ich nun an seine Theorie glaubte. Zum ersten Mal klang er ungehalten. »Nein«, sagte ich. »Ich glaube an Jesus Christus.«

Dieser Satz, erstmalig von mir ausgesprochen, erschütterte mich selbst. Als hätte eine Stimme aus den Wolken während eines Fahnenappells verkündet: »Enrico, du bist mein lieber Sohn, an dem ich Freude habe!« Ich brauchte das ganze Wochenende, um diese Szene im Tagebuch festzuhalten.

Am Vormittag des 24. Dezember stand Hendrik vor unserer Tür und trat, ohne eine Aufforderung abzuwarten, mit seinen Rabenschritten ein. Er müsse mich dringend sprechen. Als hätte ihn tatsächlich seine Mutter angezogen, wie immer behauptet wurde, war zwischen Mütze und Schal kaum etwas von seinem Gesicht zu sehen. Er bewundere meine Glaubensstärke, möchte gern auf dieselbe Art glauben können wie ich und bitte mich um Hilfe. Das verkündete er im Flur. Die Flachzange in meiner Hand schien ihn nicht weiter zu irritieren. Meine Mutter – wir waren gerade dabei, die Sehnen aus den Putenschenkeln zu ziehen – bat Hendrik abzulegen und gab mich frei.

Ich könne da nicht viel tun, das müsse er schon selber machen, sagte ich, bot ihm aber an, gemeinsam die Bibel zu lesen, irgendwas aus dem Neuen Testament, und zu beten. Mit der Gehorsamkeit eines Kranken schlug er die Bibel auf – sein Blick fiel auf jene Stelle, da Jesus die Kinder zu sich kommen lässt. Ob ich das für ein Wunder halte, fragte er. Alles sei Fingerzeig Gottes, antwortete ich. Wir lasen das Kapitel, dann betete erst ich halblaut, dann er. Plötzlich öffnete ich die Augen, wie um mich zu vergewissern, ob wir tatsächlich taten, was wir taten. Mein Blick fiel auf die halbhohen Arbeitsschuhe, die Hendrik, da er unglücklicherweise die Schuhgröße seines Vaters erreicht hatte, neuerdings trug. Wie Gewichte hingen sie an ihm und machten seinen ohnehin schon gravitätischen Gang vollends zur Zirkusnummer. Obwohl er selbst darüber seufzte und zu lächeln versuchte, war seither keine Sportstunde vergangen, in der die alten Schuhe nicht durch die Umkleidekabine gebolzt worden wären.

Ich hatte es meinem Einfluss zugeschrieben, dass nach der letzten Sportstunde vor den Ferien seine Unglücksschuhe an ihrem Platz blieben. Als Hendrik hineinfahren wollte, sich dazu hinsetzte und einen Schuh hochhob, ergoss sich ein Schwall Wasser über seine bestrumpften Füße – und auch ich stand in einer Pfütze, was für zusätzlichen Jubel sorgte. Und nun hatten sich diese Schuhe bei uns eingeschlichen, sie waren bis in mein Zimmer vorgedrungen, die Absätze scheuerten an meiner Liege.

»Amen«, sagte Hendrik. Seine Hände blieben über der aufgeschlagenen Bibel gefaltet. Er beäugte mich mit schiefgelegtem Kopf, als sei nun ich an der Reihe. »Amen«, sagte ich und sah schon wieder auf seine Schuhe.

Da ich nicht weiterwusste und ihn schlecht bitten konnte, sein Gebet zu wiederholen, schlug ich einen Spaziergang vor. Sofort willigte er ein. Vorher musste ich mit der Zange zurück in die Küche. Haben Sie je Pute gebraten? Meine Aufgabe bestand darin, die von meiner Mutter freigelegten Sehnen mit der Zange zu fassen und herauszuziehen, während meine Mutter das kopflose Vieh festhielt. Das Fleisch an den Schenkeln rutschte hoch und bildete lächerliche Pumphosen. Jeder Schenkel besitzt mehrere dieser Sehnen, und obwohl ich meine Mutter, begleitet von ihrem Aufschrei, fast über den Tisch zog, gelang es uns nie, der Pute alle Sehnen zu entreißen. Hendrik stand dabei, schon wieder verpackt wie ein Räuchermännchen, lächelte ins Leere und verabschiedete sich von meiner Mutter mit tiefem Diener.

Auf dem Spaziergang gab Hendrik keinen Augenblick Ruhe. Er begehrte zu wissen, wie oft ich bete, was ich mir dabei vorstelle, was ich tue, wenn ich spürte, dass ich jemanden nicht nur nicht lieben, sondern nicht leiden könne, und ob der Wunsch nach ewigem Leben egoistisch sei oder nicht. Hendrik erging sich in Auslegungen und Vorschlägen, bei denen er nicht wie bisher von »den Christen« sprach, sondern stattdessen ein *wir* gebrauchte, das ich anfangs als *ihr* missverstanden hatte, bis es keinen Zweifel mehr geben konnte, dass *wir* jetzt keine Angst mehr vor dem Tod haben müssten und *wir* uns grundsätzlich anders als andere zu verhalten hätten. Seine Bekehrung war offensichtlich, doch weil ich ganz und gar davon überzeugt sein wollte, die Frage direkt zu stellen allerdings als unangemessen empfand, dehnte ich unseren Spaziergang immer weiter aus. Erst auf dem Rückweg, wir gingen am Gemeindehaus vorüber, erhielt ich Gewissheit. Im Erdgeschoss klebte ein Plakat im Fenster: »Gottes Wort lebt. Durch dich!« Es bezog sich auf eine Spendenaktion, mir aber schien, Jesus selbst habe das für mich geschrieben. Ich lächelte etwas verlegen und sah zu Boden, weil ich einen Ausbruch des Staunens, sogar der Bewunderung bei Hendrik erwartete. War es denn kein Wunder, jetzt und hier dieser Spruch?! Doch Hendrik übersah das Plakat oder bezog es nicht auf uns, was aber nichts an meiner Gewissheit änderte, eine Seele gerettet zu haben und ein wahrer Menschenfischer geworden zu sein. Ich verabschiedete mich von Hendrik. Mit seinem Besuch habe er mir das schönste Weihnachtsgeschenk gemacht. Wir gaben einander die Hand – seine Mutter hatte ihn zu diesem übertrieben festen Händedruck erzogen. Ich wollte mich schon abwenden, als sich Hendriks Oberkörper vorbeugte. Ich hielt es für einen Diener, bis seine Stirn meine Schulter berührte. Das war genau der Augenblick, in dem all meine Euphorie verflog. Ich begriff, Hendrik von nun an am Hals zu haben.

Ich schildere Ihnen das nicht um seiner selbst willen, da gäbe es anderes zu erzählen, sondern weil dieses Erlebnis zum Stoff meiner ersten Erzählung werden sollte.

Die breite Feder des Füllers, der sich wunderbarerweise zwischen den Süßigkeiten in Tante Camillas Paket gefunden hatte, verlieh meiner Handschrift etwas Regelmäßigkeit, das Schreiben, ich meine die Bewegung der Hand, der Anblick der Schwünge befriedigte mich in ungekannter Weise.

Der neue Füller beschleunigte meine Gedanken, nach drei Seiten war ich bereits bei unserem gemeinsamen Gebet angelangt. Und plötzlich – eben war ich mir noch sicher gewesen, der Schwung meines Schreibens würde mich unbemerkt über diese Klippe hinwegtragen – lähmte mich die Erinnerung an meine Abschweifung, an diese Sünde, da ich, statt um Hendriks Bekehrung zu beten, an seine Schuhe und die Hänseleien gedacht hatte. Wenn ich es nicht einmal vermochte, einem um sein Heil ringenden Menschen beizustehen ... Ich schraubte den Füller zu. Dabei hielt ich die Kappe in der Linken, drehte den Füller dreimal und legte ihn, mein Werkzeug, parallel zur oberen Kante meines Tagebuchs ab. Es war, als hätte ich seit Jahren jeden Arbeitstag mit dieser Geste beendet.

Plötzlich verstand ich: Sosehr ich als Person, als Gottes Geschöpf versagt hatte, so sehr eignete ich mich zur literarischen Gestalt. Und das war die eigentliche Erkenntnis: Nicht Tagebuch sollte ich schreiben, sondern ein Werk, eines, das wie kein anderes Gottes Wirken verherrlichen sollte.

Ich schlich mich ins Wohnzimmer, in dem der Duft des Westkaffees und der Fa-Seife mit den einheimischen Gerüchen rang, und entnahm einer Schublade den Briefpapierblock meiner Mutter. Ich schlug ihn auf, legte das Linienpapier zurecht, nahm den Füller, steckte die Kappe hinten auf und schrieb, ohne zu zögern, oben in die Mitte: Geburt, darunter: eine Erzählung von – neue Zeile: Enrico Türmer. Und ging befriedigt, als hätte ich mein Opus soeben vollendet, ins Bett.

In der Morgendämmerung saß ich, einen Pullover über dem Schlafanzug, wieder am Schreibtisch. Ich sehnte mich danach, in ausgreifenden Ober- und Unterschwüngen, die wie von selbst lange Sätze formten, mein Versagen zu schildern. Doch da es sich um eine Erzählung handelte, musste erst einmal das Terrain und die dazugehörigen Personen beschrieben werden, so dass nach meinem ersten Satz, der »Es klingelte« lautete, die Handlung für längere Zeit abbrach.

Die Vorstellung, mein Werk an den beiden Weihnachtsfeiertagen, dann zumindest noch im selben Jahr, schließlich bis zum Ende der Weihnachtsferien zum Abschluss zu bringen, erwies sich als trügerisch.

*Ingo Schulze*

## *Der bunte Teller*

***Das Jahr, in dem ich endlich eingeschult wurde, lesen und schreiben lernte und seither nie wieder davon gelassen habe. Was 1973 außerhalb unserer kleinen Farm noch so passierte, war dies:***

*Jom-Kippur* – Krieg zwischen Israel, Ägypten und Syrien – Die Erdöl exportierenden Länder reduzieren ihre Öllieferungen in den Westen bei gleichzeitiger Erhöhung des Ölpreises um 70 Prozent. Es kommt zu Sonntagsfahrverboten für PKWs in der BRD – Unterzeichnung des Prager Vertrages, der das Münchener Abkommen von 1938 und die darin vereinbarte Abtretung des Sudetenlandes an das Deutsche Reich auch offiziell außer Kraft setzt – Die BRD und die DDR treten als 133. bzw. 134. Mitgliedsstaat der UNO bei – In Chile putscht das Militär mit Hilfe der CIA. Der 58-jährige Diktator Pinochet tritt an die Stelle des demokratisch gewählten Sozialisten Salvador Allende – Liberalisierung des Sexualstrafrechtes in der BRD: Homosexualität wird weitgehend straffrei – Ein Flugzeugabsturz in den Anden/Uruguay zwingt die Überlebenden, die erst nach 70 Tagen gerettet werden können, vom Fleisch der Verstorbenen zu essen – Pablo Picasso stirbt – In den USA wird die weltweit erste Reality-Soap *An American Family* ausgestrahlt, die eine kontroverse Diskussion über Medienethik auslöst – In Argentinien wird Perón nach 1946 erneut zum Staatspräsidenten gewählt. Seine Ehefrau Isabel wird Vizepräsidentin

# *Brief an das Christkind*

*Jeden Sonntag um 10.30 Uhr begann im Gemeindehaus unterhalb der Kirche, die ich von meinem Kinderzimmerfenster aus sah, der Kindergottesdienst, wo ich Jahr um Jahr in meinen Sonntagskleidern hinging. In den Siebzigern waren wir mit Sicherheit die letzte Kindergeneration, die eigens für diesen einen Tag der Woche über eine eigene Garderobe verfügte. Kleider, die nur dann angezogen werden durften. Oder mussten. Die Hosen mit den Smiley-Flicken auf den Knien oder der nachträglich angenähten Schmuckborte, weil ich zu schnell in die Höhe geschossen war, gehörten nicht dazu.*

Am 1. Adventssonntag saß ich nach dem Kindergottesdienst mit der Krippenspielprobe und der *Sendung mit der Maus* an meinem Schreibtisch, kramte in meinem Federmäppchen nach einem Stift und schrieb in der allerschönsten Schrift einen Wunschzettel an das Christkind. Ab wann ich wusste, dass es das Christkind gar nicht gibt, ist nicht so wichtig. Viel wichtiger ist, wann ich nicht mehr daran glauben konnte, weil mich die Realität überrollte. Denn ehrlich, Hand aufs Herz: Wäre es nicht großartig, wenn es das Christkind *wirklich* gäbe? Wenn einmal pro Jahr ein Mittler zwischen Haben und Sein käme. Der nicht danach fragt, wer oder was wir sind und ob wir verdient haben, was wir begehren. Sondern nur wissen will, welche Sehnsüchte wir haben – um sie zu erfüllen!

Der Wunschzettel eines Kindes ist nicht unbedingt eine bescheidene Angelegenheit. Von den Erwachsenen ist er im Allgemeinen wie ein höflich gehaltener Bestellschein zu lesen, auch wenn die Erstellung des jährlichen Wunschzettels dem Kind ein besonders feierlicher Moment ist.
Bei mir war das nicht anders. Die Dokumentation der Dinge, die ich unbedingt brauchte, war eine heikle Sache. Denn wenn der Brief erst einmal abgeschickt war und mir später doch noch etwas einfiel, war nichts mehr zu machen. Weg war weg.
Schon lange zogen all meine Wünsche vor meinem geistigen Auge vorbei wie in der Familiensendung von Rudi Carrell *Am laufenden Band.* Ich musste mir nur noch alles merken und in die richtige Reihenfolge bringen.
Denn die entschied, was ich bekommen würde. Wenn sich nämlich ein Wunsch, der meiner Meinung nach unbedingt materialisiert werden musste, in der Reihung zu weit hinten befand, konnte es sein, dass er gar nicht beachtet wurde. Die Wünsche durften in ihrer Gesamtheit aber auch nicht allzu ausufernd sein, denn dann bestand ebenfalls die große Gefahr, dass ich die wirklich wichtigen Dinge des Lebens nicht bekommen würde. Bevor ich also anfing zu schreiben, war es unbedingt notwendig, auf einem Schmierzettel das

ultimative Ranking festzulegen. Die Top Ten der Geschenkideen.

Abends stand ich frisch gebadet im Frotteeschlafanzug in meinem Zimmer und las zum letzten Mal, was ich geschrieben hatte, bevor ich den Brief bedächtig faltete. Ecke auf Ecke, so wie ich es vor Jahren im Kindergarten gelernt hatte. Die kleine Hand, die ich einmal hatte, öffnete das Fenster. Kalte, trockene Luft streifte mein Gesicht, ein paar Stimmen auf der Straße schallten durch den Abend, der Pfarrer im Haus gegenüber saß in seinem Arbeitszimmer am Schreibtisch. Die Kirche, in der ich bald meinen großen Auftritt haben würde, war hell erleuchtet. Der Himmel schwer und dunkel. Vertrauensvoll legte ich den Wunschzettel auf die Fensterbank, wo er in dieser Nacht abgeholt werden würde.

Natürlich würde ich versuchen, wach zu bleiben. Es musste doch *ein Mal* möglich sein, das Christkind zu sehen! Daraus ist nie etwas geworden. Nicht nur, weil mir irgendwann vor Müdigkeit die Augen zufielen.

Am nächsten Morgen war der Zettel weg, und damit war der Weg für die Erfüllung aller Wünsche geebnet.

Von Bettwäsche, *Schiesser*-Schlafanzügen und Strumpfhosen hatte ich nichts geschrieben. Das kam auch so – verlässlich. Jahr um Jahr.

## *Konrad oder Das Kind aus der Konservenbüchse*

Im Lesebuch hatte der Konrad etliche Sachen entdeckt, von denen er keine Ahnung hatte. Er wusste nicht, was ein Schneeglöckchen ist, er wusste nicht, was ein Nikolaus und was ein Christkind ist, und er kannte auch keine Rose und keine Nelke. Und von einer Kirche hatte er auch noch nichts gehört.

Zuerst hielt der Herr Egon einen Vortrag über den Nikolaus und über das Christkind. Der Konrad hörte aufmerksam zu. Als dann der Herr Egon mit dem Vortrag fertig war, blickte der Konrad auf einen Zettel, auf den er die ganze Zeit über etwas geschrieben hatte, und sprach: »Also, ich wiederhole: Das Christkind hat Flügel und kommt aus dem Himmel und schwebt herunter und beschenkt alle Kinder. Die reichen Kinder bekommen viel, die armen Kinder bekommen wenig, und die ganz armen bekommen nichts. Der Nikolaus hat keine Flügel, sondern einen goldenen Stab. Er kommt drei Wochen vor dem Christkind und verteilt auf ähnliche Art und Weise. Stimmt das?«

Die Frau Bartolotti kicherte. Der Herr Egon stotterte: »Also, also weißt du, Konrad, ich glaube, ich habe das nicht so richtig . . . also, weißt du . . .«

»Quatsch keine Opern, Egilein«, unterbrach ihn die Frau Bartolotti, und dann sagte sie zum Konrad: »Nichts, was er gesagt hat, stimmt, gar nichts stimmt! Es gibt kein Christkind und keinen Nikolaus, und einen Osterhasen gibt's auch nicht.«

»Einen was, bitte?«, fragt der Konrad.

»Einen Osterhasen!«, rief die Frau Bartolotti. »Das sind alles Sachen, die die Eltern und die Omas und die Onkels den Kindern erzählen.«

»Und warum tun sie das?«

Die Frau Bartolotti zuckte mit den Schultern. »Was weiß denn ich! Ich glaube, die Erwachsenen freuen sich ganz mächtig, wenn sie den Kindern einen Bären aufbinden können. Da kommen sie sich dann enorm gescheit und klug vor ...«

»Also, Bertilein, ich muss schon bitten ...«, versuchte der Herr Egon zu unterbrechen.

»Lass mich ausreden«, rief die Frau Bartolotti. »Was ich sage, ist nämlich wahr. Dauernd wollen die Erwachsenen die Kinder anschmieren. Dauernd zeigen sie ihnen: Schaut nur her, wie mächtig und wie gescheit, wie klug und wie gut wir sind ...«

»Also, Bertilein, ich muss schon bitten! So spricht man nicht vor Kindern«, flüsterte der Herr Egon. »Berti, nimm dich zusammen, bitte!«

»Was wahr ist, ist wahr«, fauchte Frau Bartolotti, »und das ist auch für Kinder wahr!«

»Komm, Bertilein, seien wir wieder friedlich«, bat der Herr Egon.

»Du gehst mir auf die Nerven«, fauchte die Frau Bartolotti. Da seufzte der Herr Egon, und dann beschloss er, mit dem Konrad spazieren zu gehen. »Zuerst«, sagte er, »werden wir eine Kirche anschauen, und dann gehen wir zu einer Blumenhandlung und schauen, ob wir in der Auslage Rosen und Nelken und Schneeglöckchen sehen. Komm, Konrad, nimm deine Mütze, wir gehen, die Mutti ist heute nicht allzu gut gelaunt!«

Der Konrad holte seine Mütze, sagte: »Vater, ich bin soweit«, und: »Auf Wiedersehen, Mutter.« Dann ging er mit dem Herrn Egon fort.

Die Frau Bartolotti schaute ihnen nach und schnitt ein Gesicht, ein ganz wildes, böses Gesicht. Nachdem die Wohnungstür ins Schloss gefallen war, sprach sie zu sich selber: »Ein Kind zu bekommen, na schön, na gut! Dagegen ist ja nichts zu sagen. Aber der Vater wurmt mich. Den habe ich garantiert nicht gebraucht. Und bestellt habe ich ihn auch nicht.«

*Christine Nöstlinger*

*Der bunte Teller*

*Das Jahr, in dem ich alt genug war, um mit dem CVJM ins Sommerzeltlager nach Eschwege zu fahren. Was 1974 außerhalb unserer kleinen Farm noch so passierte, war dies:*

Das Album »Autobahn« von Kraftwerk wird veröffentlicht – Die Watergate-Affäre zwingt US-Präsident Richard Nixon zum Rücktritt – Bundeskanzler Willy Brandt (SPD) muss zurücktreten, nachdem sein enger Mitarbeiter Günter Guillaume als DDR-Spion enttarnt wird. Neuer Bundeskanzler wird Helmut Schmidt (SPD) – Die BRD und die DDR feiern den 25. Jahrestag ihrer Staatsgründung – Fußballweltmeisterschaft in Westdeutschland: Die BRD gewinnt das Endspiel gegen die Niederlande mit 2 : 1. Der Prämiengewinn pro Spieler beträgt 60.000 Mark – Charles Lindbergh, der 1927 als Erster mit einem Flugzeug den Atlantik überquerte, stirbt – Die erste VW-Golf-Serie wird produziert – Das Kinderspielzeug Playmobil erobert die Kinderzimmer – Wehrpflichtige können in der BRD erstmalig zwischen Wehr- und Zivildienst wählen – Das erste IKEA-Einrichtungshaus wird in Eching bei München eröffnet – Die fertig gestellten Sears Towers in Chicago bleiben mit 443 m für die nächsten 23 Jahre das höchste bewohnbare Gebäude der Welt – Lucy, das am besten erhaltene, ca. drei Millionen Jahre alte Skelett eines Hominiden, wird in Hadar/Äthiopien entdeckt

# *Ich wünsch mir 'ne kleine Miezekatze*

*Der Weihnachtshit von Wums Schlager,* Ich wünsch mir 'ne kleine Miezekatze, *war bei mir auch nach 1972 Programm. Zwar hatte ich jede Menge Kuscheltiere – darunter auch* Waldi, *das buntgestreifte Maskottchen der Olympischen Spiele 1972 in München –, und ich wuchs auf einem Bauernhof mit Hühnern, Gänsen und Schafen auf und verbrachte die frühen Abendstunden oft bei den Kühen, deren Stall von den Großeltern ausgemistet wurde. Im Gegensatz zu* Michel aus Lönneberga, *den es sonntags im Fernsehen gab, konnte ich aber mit Schweinen nie etwas anfangen. Außer wenn sie dick paniert neben den Kroketten aus der Friteuse auf meinem Teller lagen.*

Ich kam in ein Alter, in dem ich mir, trotz der Tiere vor der Tür, ein Tier hinter der Tür wünschte. Ein richtiges Haustier eben. Nicht nur einen blauen Wellensittich, der in seinem schmalen Vogelkäfig auf dem Küchenschrank stand und ab und zu trällerte, bis er eines Morgens – wie beiläufig – auf dem mit Vogelsand bedeckten Boden lag und tot war. Trotz *Trill mit Naturjod S 11*, das wir ihm kauften, weil wir das von der Werbepause im Fernsehen kannten.
Es musste ja nicht gleich ein Totenkopfäffchen sein wie bei *Pippi Langstrumpf* oder Tante Ulli, der Erzieherin aus dem

Kindergarten, die ihr modisches Gespür unter Beweis stellte, indem sie einen Exoten als Haustier hielt. Tatsächlich war das in den Siebzigern *in*: Äffchen an der Leine oder gar Eichhörnchen! Merke: Es ist nicht immer schlecht, wenn sich die Zeiten ändern! Nur so kommt es, dass die Geschmäcker und die Artenschutzgesetze nach dreißig Jahren andere sind.

Von Tante Ulli weiß ich nicht einmal mehr, wie sie aussah oder sprach. Ob sie nett war oder blöd. Ihr Äffchen aber lebt fort. In meiner Erinnerung. Und zwar in der denkbar schlechtesten. Lange Zeit verfolgte es mich im letzten Kindergartenjahr im Traum. Immer wieder sah ich des Nachts sein behaartes Gesicht in Großaufnahme vor meinen Augen. Bereit, seine entblößten, kleinen, spitzen Zähne in meine Nase, meine Wange, mein Kinn hineinzubohren, während es sich mit seinen dünnen Ärmchen an meinem Kopf festhielt und mir büschelweise Haare ausriss. Vorlage war eine Begebenheit im Kindergarten: Einige Tage zuvor sprang das Äffchen blitzschnell auf meine Schulter, streckte seine behaarten Arme nach dem Herzanhänger meiner Silberkette aus, mit dem ich gespielt hatte, beugte sein Köpfchen und biss hinein: Der Zahnabdruck war fürchterlich! Mein Geschrei auch.

Ich wollte gar nichts Aufregendes. Nur eine Katze. Julia hatte eine Siamkatze, die sehr dekorativ war und mit der

man trotzdem schön spielen konnte. Es war einfach nett, wenn sie den Wollfaden, den ich in der Hand hielt, mit einer ausgestreckten Vorderpfote zu fangen versuchte. Außerdem konnte ein solches Tier doch auch nützlich sein und Mäuse fangen, obwohl ich mir nicht wirklich sicher war, ob wir überhaupt welche hatten. Wahrscheinlich schon. Ich meine, wir lebten doch auf einem Bauernhof.
Eine Katze, eine Katze, eine Katze! Das Ultimatum, das ich gesetzt hatte, verstrich. Argumente hatte ich keine mehr, Druckmittel waren nie vorhanden.

Dann eben einen Hund.
Aber keinen, der draußen im Hof an einer Leine angebunden war oder im Zwinger wild hin- und hersprang und gefährlich aussah. Sondern ein kleines Hündchen, dessen Körbchen neben meinem Bettchen stehen würde. Mir erging es nicht anders als Lillebror in dem Buch *Karlsson vom Dach* von Astrid Lindgren, das ich mir eines Mittwochnachmittags aus der Gemeindebücherei bei Frau Rebenich ausgeliehen hatte und bei Frau Schneider zurückgeben würde. Diesmal wusste ich, dass es um alles oder nichts ging und ich die Sache anders anpacken musste. Ich würde mir den Hund zu Weihnachten wünschen! Nur dem Christkind würde es möglich sein, mir dazu zu verhelfen.
Aber leider: Auch das Christkind musste sich dem großen NEIN der Alphamenschen beugen. Meine einzige Erinne-

rung an einen außergewöhnlichen Weihnachtswunsch ist die an den einen, der sich nicht erfüllte. Ist die Erinnerung an den Hund, den ich nie bekam.
In diesem Jahr kamen Gode und Petter zur Bescherung in Begleitung eines zwölf Wochen alten, winzig kleinen Hündchens. Auch Erwachsene können mitunter in den Augen von Kindern neue Facetten bekommen: Das war vielleicht eine Überraschung! Ich hatte überhaupt nicht geahnt, dass uns dieser Wunsch verband! Und nun kamen sie mit einem schwarzhaarigen Knäuel auf dem Arm, das Molly hieß, sich gerne streicheln ließ und meinem Anforderungsprofil an einen eigenen Hund exakt entsprochen hätte. Es tröstete mich sehr darüber hinweg, dass *ich* keinen Hund bekommen hatte.
Jahre später erfuhr ich staunend, dass der Hund mein Hund, mein Weihnachtsgeschenk hätte sein sollte. Auch vor fast vollendete Tatsachen gestellt, erlaubten meine Eltern nicht, dass ich einen Hund haben durfte. Nein hieß Nein: Es kam kein Hund ins Haus!
Das ist die Geschichte hinter der Geschichte: So sind meine Paten auf den Hund gekommen und seither nie wieder ohne gewesen. Als Molly starb, folgten Pucki, Buffy und jetzt: Danny.

## *Heute hier morgen fort*

Ein Weihnachtsfest bringt immer Erinnerungen an andere zurück. Unser erstes Weihnachten hier war ein richtiger Zirkus. Der neue Teil des Hauses war überdacht und bis auf die Dachschindeln fertig. Ich hatte unsere Habseligkeiten schon hierher geschafft, einschließlich 280 Kartonschachteln mit Büchern. Genau zu Beginn unseres Weihnachtsessens brach ein plötzlicher Regensturm von Süden über uns herein und peitschte Wassermassen gegen das Haus. Der Wind ließ den Regen durch die engsten Ritzen spritzten, sogar durch Nagellöcher. Ich kann ohne zu schwindeln sagen, dass die Südwand uns anspuckte. Also fingen wir an, mit Holzstücken, Streichhölzern und Toilettenpapier das Haus abzudichten, ohne Erfolg. Darauf gingen wir wieder ins Erdgeschoss und brachten die Schachteln auf und unter Plastikbahnen in Sicherheit. Als wir zurückkamen und mit dem Weihnachtsessen, einem *filet mignon*, beginnen wollten, war die Platte leer. Am Tisch saß Sacha, unser Neufundländer, sein sperrangelweit offenes Maul durch den Braten zugepfropft, der wie eine übergroße Zigarre herausragte. Sacha hatte einfach versucht, ihn in einem Stück hinunterzuschlingen. Wir zogen ihn heraus, gaben Sacha den verdorbenen Teil und aßen den Rest.

*Tomi Ungerer*

## *Der bunte Teller*

*Das Jahr, in dem mir ein Scheuermann'scher Rundrücken attestiert wurde und ich zur Krankengymnastik gehen musste. Was 1975 außerhalb unserer kleinen Farm beispielsweise noch so passierte, war dies:*

Der Vietnamkrieg wird beendet – In Helsinki/Finnland unterzeichnen die Teilnehmer der KSZE (Konferenz über Sicherheit und Zusammenarbeit in Europa) den Beschluss zum friedlichen Miteinander von westlichen Demokratien und östlichen kommunistischen Regierungen – Patty Hearst, eine amerikanische Millionärstochter, wird das erste politisch motivierte Entführungsopfer der USA. Während ihrer Gefangenschaft schließt sie sich bis zu ihrer Festnahme dem bewaffneten Kampf der Entführer an – In Hamburg wird der 3,3 km lange Elbtunnel eingeweiht – Franco stirbt und Prinz Juan Carlos wird Staatsoberhaupt und König von Spanien – In der BRD wird die Volljährigkeit neu definiert: Statt mit 21 ist man schon mit 18 Jahren volljährig – In Stuttgart beginnt der Stammheim-Prozess, der seinen Namen durch den eigens für die inhaftierten RAF-Terroristen gebauten Hochsicherheitstrakt der Strafvollzugsanstalt Stuttgart-Stammheim erhält – Bill Gates gründet die Firma Microsoft und ebnet damit den Weg für die Verbreitung von Computern in Privathaushalten – Die letzte portugiesische Kolonie wird unabhängig und Angola damit die jüngste Nation Afrikas

# *Alle Jahre wieder*

*Endlich konnte ich das letzte Türchen vom Schokoladen-Adventskalender aufmachen, der gleich neben meinem Bett hing. Es war der Vierundzwanzigste: Weihnachten!*

Der Tag würde voller Überraschungen sein und wunderschön. So wie ich. Deswegen wollte ich gleich nach dem Aufwachen ausnahmsweise baden, wenngleich nicht Samstag war und ich hinterher die Wanne mit *Atta Scheuerpulver* sauber schrubben musste.
Im unteren Stockwerk waren die Vorbereitungen für das Abendessen schon in vollem Gange. Es würde bunte Happen geben. Kalte Platten mit Canapés, gefüllte Eier mit Mayonnaise, Waldorfsalat, einen Krevettencocktail mit Früchten.

Am nächsten Tag würde festlich gekocht werden: Rotkraut, Geflügel und selbst gemachte Knödel, die von Oma B. gerade zubereitet wurden: »Zähl mal, wie viele es sind . . . siebenunddreißig? Ob das reichen wird?« Meine Schwester schrie durchs Haus: »Jetzt nicht in mein Zimmer kommen!« Und Opa B. und der Vater trugen die am Vortag im Garten geschlagene Fichte ins Wohnzimmer und riefen abwechselnd: »Vorsicht! *Vorsicht!*«

Das Esszimmer und das Wohnzimmer waren durch eine Flügeltür aus gefärbtem Glas voneinander getrennt, die nur zu speziellen Feiertagen ausgehängt wurde – Weihnachten gehörte ganz gewiss dazu –, um aus den beiden Zimmern einen großen Raum zu machen. Das war auch notwenig: Unsere Familie bestand ja schon aus acht Personen, und an Heiligabend kamen noch die Gode und der Petter hinzu.
Auch am ersten Weihnachtsfeiertag wurde Besuch erwartet. Tantehertaundonkelhans mit Roland und Dieter und Oma E. Das machte eine durchschnittliche Personenzahl von 11,5 pro Feiertag.

Wenn die Fichte von Opa B. und dem Vater ins Weihnachtszimmer getragen worden war, wurden die Türen zum Flur versperrt und erst wieder am Abend geöffnet, nachdem das Glöckchen ertönt war.
Lange Zeit hatte ich keine Ahnung, was dort drinnen passierte. Es war natürlich klar, dass der Baum geschmückt werden würde, aber wie? Und von wem? Ich sah nie jemanden hineingehen oder herauskommen und eigentlich waren immer alle, die dafür in Frage gekommen wären, sichtbar mit irgendwas beschäftigt.
Gegen drei Uhr verließ ich aufgeregt das Haus. Ich musste zur Kirche, die Generalprobe für das Krippenspiel begann. Und sobald die Gottesdienstbesucher eine Stunde später ihre Plätze eingenommen hatten und die Kirche endlich das

einzige Mal im Jahr bis auf den letzten Platz gefüllt war, begann der festliche Gottesdienst. Jahr um Jahr stand ich dann mit den anderen hoffnungsfrohen und aufgeregten Darstellern des Krippenspiels für eine halbe Stunde beengt zwischen der großen, zugigen Holztür unserer Kirche und den roten, schweren Samtvorhängen, die als Windfang dienten, wo wir auf unseren Einsatz warten mussten.

Seit Mitte November hatten wir geprobt. Über einen Ein-Satz-Auftritt als Engel bin ich in den ersten Jahren nie hinausgekommen. Später durfte ich den ersten Hirten spielen. Eine Rolle, die ich forthin Jahr um Jahr zugedacht bekam, weil ich sie mit Bravour gespielt hatte. Wie sollte ich mich so jemals für eine prestigeträchtigere Rolle, die der Maria, qualifizieren? Auch am Ende des Jahrzehnts wurde nichts aus meinen ambitionierten Bestrebungen.

Anke bekam die Rolle der Maria.

Gottergeben legte ich mich also auch in meinem letzten Kindergottesdienstjahr, gekleidet in die Stalljacke von Opa B., die vertraut und daher angenehm nach Kuhstall roch, auf den kalten Kirchenboden, das freie Feld. Ich schlief nach einem langen, harten Arbeitstag auf einer Wiese neben meinen Kollegen ein und erwachte mitten in der Nacht schlaftrunken, weil ich undefinierbare Geräusche hörte. Es waren die himmlischen Heerscharen, die uns geradezu anschrieen: »Fürchtet euch nicht! Siehe, ich verkündige euch große Freude, die allem Volk widerfahren wird, denn euch ist heute der Heiland geboren, welcher ist Christus, der Herr, in der Stadt Davids. Und das habt zum Zeichen: Ihr werdet finden das Kind in Windeln gewickelt und in einer Krippe liegen.«

Mein Stichwort. Ich erhob meine Stimme und sprach, den Innenraum der Kirche ausfüllend: »Lasst uns nun gehen nach Bethlehem und die Geschichte sehen, die da geschehen ist, die uns der Herr kundgetan hat.« Wirklich, so steht es im Evangelium nach Lukas 2,15 geschrieben: *Lasst uns die Geschichte sehen.*

Wir stapften durch den Kirchenraum bis zum Stall, in dem wir das Kind, den Vater und die Mutter, vulgo Anke, antrafen. Sie lächelte.

Das war's.

Och, dann doch lieber Hirte sein.

## *Jesu Geburt*

Heiligabend gab es immer früh zu fressen. Der Junge mit den braunen Moonboots schob die Schubkarre zum Stall. Wie Zuckerwatte stand ihm die Luft vor dem Mund. Die Bullen waren zu dieser Uhrzeit kein bisschen hungrig. Doch Heiligabend gab es immer früh zu fressen. Schließlich wollten sie pünktlich zur Kirche. Der Vater kam gerade mit einer Mistgabel über der Schulter vorbei. Er sang ein Lied, ohne dass er es selbst bemerkt hätte.

Der Junge warf einen Blick auf die Bullen, die lustlos ihr Futter kauten. Dann stellte er die Schubkarre in die Ecke. Er klopfte seine Moonboots ab und ging durch den Pferdestall in Richtung Haus. Die Sonne war untergegangen. Nur noch ein zartes Nachglühen am Horizont erinnerte an sie. Der Hof lag zwischen drei Dörfern, jedes eine Stunde Fußweg entfernt. 70 Kühe, 50 Bullen, zehn Pferde, sechs Katzen, fünf Kinder, ein Mann und eine Frau wohnten hier. Ungebetene Gäste wie Mäuse, Ratten und Fliegen nicht mitgezählt.

Der Junge kam kurz später aus der Dusche. Er zog ein Hemd an, dann die Cordhose und den Pullunder mit den orange-braunen Streifen. Er schaute in den Spiegel und lächelte. Er stricht sich über das Haar. Letzte Woche waren er und sein Bruder beim Friseur gewesen. »Am Samstag Herr Sonntag« war längst ein geflügeltes Wort. Herr Sonntag schnitt die Haare immer länger, als es der Vater, und kürzer, als es die Brüder wollten. Der Junge versuchte vergeblich, sich das Haar übers Ohr zu ziehen. Er sah unmöglich aus. Hoffentlich war Sabine aus der Parallelklasse nicht in der Kirche.

Die fünf Kinder saßen auf der Rückbank des Wagens wie Orgelpfeifen. Der Mercedes war fast so alt wie die Kinder zusammen. Die Mutter hupte. Der Vater kam fluchend an. »Was soll ich bei diesen Betbrüdern . . .«, feixte er und warf sich hinters Steuer. »Aber es ist doch Weihnachten«, barmte die Mutter. Der Mercedes fuhr scheppernd los. Die Felder lagen dunkel jenseits des Weges. Das Dorf am Horizont mit seinen Lichtern kam dem Jungen riesengroß vor.

Sie waren wieder einmal zu spät, wie jedes Jahr. Wieso konnten sie nie pünktlich sein, dachte der Junge. Jedes Jahr standen sie im Flur. An der Kirchentür winkte der Organist, als hätte er auf sie gewartet. Er war auch der Flötenlehrer, der Musiklehrer und der Klavierlehrer des Dorfes. Er führte sie nach oben auf die Empore. Und wies ihnen eine leere Bank. Bevor sich der Junge setzte, faltete der die Hände. Alle taten es so und alle taten nur als ob. Doch dieses Mal betete er tatsächlich und dankte für den Sitzplatz. Als er sich setzte, sah er ein Lächeln. Dann erst erkannte er, wer es ihm schenkte. Es war Sabine aus der Parallelklasse.

Der Organist mit den vielen Talenten spielte zum Auftakt. Pfarrer Hund begann den Gottesdienst. Frau Hund saß in der ersten Reihe und himmelte ihren Mann an. Es hieß,

Frau Hund wäre eine geborene Frau Ochs. Ob das wohl stimmte? Bald hörte der Junge auf zu denken. Der Weihnachtsbaum leuchtete, die Kerzen flackerten und alles war nur noch Licht und Wort. Der Pfarrer sprach, die Gemeinde antwortete. Der Pfarrer erzählte die Geschichte: der Stern, der Stall, die Hirten, die Engel, das Kind, die Krippe, die drei Könige. Es war, als hätte der Junge die Geschichte nicht nur schon oft gehört, sondern selbst erfunden. Man stand auf, faltete die Hände. Man sprach gemeinsam Worte, wie man sie immer gesprochen hatte. Dann setzte man sich hin. Am Ende ging das Licht aus, und alle sangen Stille Nacht. Das war der Moment, an dem Weihnachten begann.
Die Bescherung erinnerte den Jungen an diese Sendung im Fernsehen. Am Ende stand der Gewinner vor einem Fließband mit Preisen. Aber nur was er sich merkte, durfte der Glückliche mit nach Hause nehmen. Woher kamen all diese Geschenke? Waren die Eltern über Nacht reich geworden? Und durfte er wirklich alles behalten?
Später am Abend lag wortloses Staunen über dem Wohnzimmer. Stumm spielten die Kinder mit ihren Geschenken. Neben dem Weihnachtsbaum stand ein Eimer Wasser. Die Mutter faltete das Geschenkpapier zusammen. Es kam in eine Schublade. »Wäre doch schade drum.« Plötzlich durchbrach ein Klopfen an der Terrassentür die Stille. Es war der Vater. »Im Kuhstall . . .«, japste er.

Im Wohnzimmer sprangen sie auf wie Feuerwehrmänner beim Alarm. In Sonntagskleidern und Stalljacken rannten sie in die Kälte hinaus. Im Kuhstall hob eine Kuh den Schwanz. Die Mädchen holten zwei Eimer Wasser. Die beiden Buben die Stricke mit den Holzgriffen. Der Vater knotete sie um die Vorderbeine des Kalbes, die wie zum Gruß in die Welt ragten. Die Stricke wurden verteilt: Vater und Mutter, Bruder und Bruder, Schwester und Schwester. Die Kleinste hielt den Schwanz der Kuh zur Seite. Einer der wichtigsten Arbeiten, wie alle versicherten.

Die Kuh keuchte, die Eltern und die Kinder auch. Der Kopf vom Kalb ist zu groß, dachte der Junge. Das schaffen wir nie, dachte der Junge. Wir schaffen das, dachte der Junge. Kurz später klatschte das Kalb auf den Boden und Kuhfladen auf den Hosensaum des Jungen. Das Kalb atmete nicht. Der ältere Bruder holte eine kleine, braune Flasche aus der Hosentasche. Er träufelte die Flüssigkeit auf die Nase. Doch nichts. Das Kalb wollte nicht atmen. Der Junge und die Schwestern rieben es mit Stroh ab. »Komm!«, rief der Vater. »Komm!« Der Bruder träufelte mehr auf die Nase. »Komm, komm. Komm«, flüsterte die Kleinste. Der Vater schüttete einen Eimer Wasser über das Kalb. Da atmete es. Mit einem Seufzer röchelte es sich ins Leben. Der Junge freute sich. Alle freuten sich. »Und auch noch ein Bulle«, sagte der Vater und löste die Stricke.

Keine halbe Stunde später stand das Kälbchen auf eigenen Füßen. Wankend zwar, aber sauber abgerieben mit Stroh. Magisch angezogen vom Duft der Milch fand es den Weg zum Euter der Kuh.

Auf dem Weg ins Haus gingen sie an der Stallmauer entlang. Sterne standen am Himmel. Einer leuchtete besonders hell. Die Mutter fragte in die Dunkelheit: »Und, jemand eine Idee, wie das Kalb heißen soll?« Der Junge lächelte. Dann flüsterte er seiner kleinsten Schwester zu: »Ich bin für Jesus.«

*Gunther Brodhecker*

## *Der bunte Teller*

*Sie nannten mich Brillenschlange. Das Jahr, in dem ich eine Brille bekam. Was 1976 außerhalb unserer kleinen Farm noch so passierte, war beispielsweise dies:*

Einführung der Gurtpflicht auf den Vordersitzen von PKWs – Gründung von Apple Computer – Giftgaskatastrophe in Seveso/Italien. Die betroffene Bevölkerung wird erst nach zehn Tagen informiert – Erich Honecker wird Vorsitzender des Staatsrates der DDR – Neuregelung des Paragraphen 218: Unter bestimmten Indikationen bleibt ein Schwangerschaftsabbruch in der BRD straffrei – Demonstrationen am Baugelände des Kernkraftwerkes Brokdorf, die von der Polizei gewaltsam aufgelöst werden – Olympische Sommerspiele in Montreal/Kanada – Die Deutsche Silvia Sommerlath heiratet Karl XVI. Gustav, König von Schweden – Der ostdeutsche evangelische Pfarrer Oskar Brüsewitz verbrennt sich vor der Schlosskirche Zeitz wegen der repressiven politischen Verhältnisse der DDR – Die Concorde startet mit 2000 km/h in die Überschall-Epoche der Zivilluftfahrt – Nina Hagen und Manfred Krug verlassen wenige Tage nach der Ausweisung Wolf Biermanns die DDR – Anita Roddick eröffnet in London den ersten *Body Shop*. Als erstes Unternehmen der Welt produziert es ausschließlich naturreine, umweltfreundliche und tierversuchsfreie Kosmetik

# Warten aufs Christkind

*Wenn ich mit meiner großen Familie, die nach dem Gottesdienst vor der Kirche auf mich wartete, nach Hause kam, versorgten die Eltern und Großeltern die Tiere im Stall. An diesem Abend ging ich nicht mit nach draußen. Ich blieb, wo ich war.*

Denn angeblich äußert sich das Wunder der Christnacht ja auch darin, dass Tiere um null Uhr für eine Stunde in menschlicher Sprache zu sprechen vermögen und Zukünftiges prophezeien können. An sich eine spannende Sache, fast noch aufregender als die Geschenke, die wir bald auspacken durften. Und ich hätte wirklich gerne gewusst, was die Kühe, die alle die Namen trugen, die ich ihnen gegeben hatte, über mein zukünftiges Leben sagen würden. Lauschte aber ein Mensch, so musste er dafür mit dem höchsten Preis bezahlen: mit seinem Leben! Der fiel tot um!

Zwar gab es niemanden, dem jemals so etwas widerfahren war, aber es konnten gewisse unglückliche Umstände eintreten, dass man stolperte, das Bewusstsein verlor und genau in dem Moment zu sich kam, da die besagte Stunde begann. Unsicherheiten, Eventualitäten. Dennoch ... obwohl ich natürlich gerne gewusst hätte, was die Kühe über mich und meine Zukunft zu sagen gehabt hätten.

Ob ich deswegen zehn Jahre später, als ich schon in Hamburg wohnte, der Versuchung nicht widerstehen konnte und mich in die Schlange der Wartenden auf dem Weihnachtsdom einreihte, die vor einem kleinen Bauwagen standen? Zwischen dem Duft gebrannter Mandeln und Zuckerwatte kam ich mit klopfendem Herzen dem Moment näher, in dem ich der Wahrsagerin meine Hand gab, damit sie aus meinen Lebenslinien lesen konnte. Der Preis war angemessen: Es ging einfach nur um Geld. Zehn D-Mark, wenn ich mich recht entsinne.

Wir Kinder standen längst im Flur vor der einzig interessanten Tür des ganzen Hauses, als – endlich! – das Glöckchen ertönte. Es beschwor familiäre Harmonie und verbot jeglichen Streit, der jetzt doppelt wiegen würde.
Das Christkind war da!
Die Tür zum Weihnachtszimmer durfte endlich geöffnet werden, was das Vorrecht des kleinsten Kindes war. Ich hatte Glück, denn ich wuchs erst später über meine ältere Schwester hinaus. Unter Umständen ist das Adjektiv »klein« Auslegungssache, Grundlage hitziger Diskussionen. So aber war ich in den siebziger Jahren noch auf der sicheren Seite.
Da stand er!
Der Weihnachtsbaum! Die roten Kerzen leuchteten und brachten das Lametta zum Funkeln. Silberne und rote

Glaskugeln spiegelten das Kerzenlicht, die Spitze des Baumes wurde durch einen silbrigen zylindrischen Aufsatz mit einem langen Schweif aus weißen Glasfasern bedeckt. Dazwischen hingen Schokokringel, kleine Äpfel und vergoldete Nüsse.

Großflächig unter dem Baum verteilt lagen die zahlreichen Geschenke, worauf sich meine Geschwister und ich mit »Ahhh!« und »Ohhh!« stürzten. Die Super-8-Kamera meines Vaters, die er seit den späten Siebzigern hatte, hält unser Staunen und unsere Aufregung für immer fest.

Aber: Halt! Das institutionalisierte Familienfest kannte Rituale. Am Anfang stand das Rahmenprogramm. Auch bei uns. Den Auftakt bildete ein Gedicht, das wir in der Schule auswendig gelernt hatten. Und woran ich mich seltsamerweise immer noch erinnere, obgleich es vierzehn Strophen hat. In den Siebzigern muss es das Lieblingsgedicht sämtlicher Grundschullehrerinnen der gesamten Republik gewesen sein. Denn als ich meinen Mann fragte: »Kennst du eigentlich das Gedicht *Die Weihnachtsmaus* von James Krüss?«, fiel er mir grinsend ins Wort:

». . . ist sonderbar
(sogar für die Gelehrten),
denn einmal nur im ganzen Jahr
entdeckt man ihre Fährten.

Mit Fallen oder Rattengift
Kann man die Maus nicht fangen.
Sie ist, was diesen Punkt betrifft,
Noch nie ins Garn gegangen.

Das ganze Jahr macht diese Maus
Den Menschen keine Plage.
Doch plötzlich aus dem Loch heraus
Kriecht sie am Weihnachtstage.

Zum Beispiel war vom Festgebäck,
Das Mutter gut verborgen,
Mit einem Mal das Beste weg
Am ersten Weihnachtsmorgen.

Da sagte jeder rundheraus:
»Ich hab es nicht genommen!
Es war bestimmt die Weihnachtsmaus,
Die über Nacht gekommen.«

Ein anders Mal verschwand sogar
Das Marzipan von Peter,
Was seltsam und erstaunlich war,
Denn niemand fand es später.

Der Christian rief rundheraus:
»Ich hab es nicht genommen!
Es war bestimmt die Weihnachtsmaus,
Die über Nacht gekommen.«

Ein drittes Mal verschwand vom Baum,
An dem die Kugeln hingen,
Ein Weihnachtsmann aus Eierschaum
Nebst andern leckren Dingen.

Die Nelly sagte rundheraus:
»Ich hab es nicht genommen!
Es war bestimmt die Weihnachtsmaus,
Die über Nacht gekommen.«

Und Ernst und Hans und der Papa,
Die riefen: »Welche Plage!
Die böse Maus ist wieder da,
Und just am Feiertage!«

Nur Mutter sprach kein Klagewort.
Sie sagte unumwunden:
»Sind erst die Süßigkeiten fort,
Ist auch die Maus verschwunden.«

Und wirklich war: die Maus blieb weg,

Sobald der Baum geleert war,
Sobald das letzte Festgebäck
Gegessen und verzehrt war.

Sagt jemand nun, bei ihm zu Haus –
Bei Fränzchen oder Lieschen –,
Da gäb es keine Weihnachtsmaus,
Dann zweifle ich ein bisschen!

Doch sag ich nichts, was jemand kränkt!
Das könnte euch so passen!
Was man von Weihnachtsmäusen denkt,
Bleibt jedem überlassen!«

Wie jede zweite westdeutsche Familie haben auch wir in den Siebzigern mindestens an Weihnachten musiziert. Meine Schwester begleitete Oma B., die Gode, meine Brüder und mich auf der elektronischen Yamaha-Heimorgel, wenn wir laut *O du fröhliche* sangen und es auch so meinten. Dem Großvater rannen die Tränen aus den Augenwinkeln, so sehr muss ihn dieses Bild berührt haben. Da waren wir: seine liebe Frau, seine einzige Tochter und seine vier Enkelkinder. Der Größe nach geordnet wie die Orgelpfeifen. Für diesmal vereint in Vorfreude und Gesang. Friedfertig wie selten. Wir hatten im letzten Jahr einen ordentlichen Schuss gemacht und würden es weiterhin tun.

Vier Jahre war der Opa alt, als der Erste Weltkrieg ausbrach. Fast genauso alt war sein Sohn, als der Zweite begann. Wir Enkelkinder waren nun alle längst vier plus und nach zwei Kindergenerationen die erste, die nicht in einem weltweit geführten Krieg aufwuchs. Wir waren ordentlich gekleidet, gut frisiert und wohlgenährt. Es mangelte uns an nichts.

Wir waren voller Erwartungen an eine Zukunft, in der uns alles offenstand: Was würde aus uns werden? Welchen Platz würden wir im Leben einnehmen? Würden auch wir eine Familie gründen? Ein Haus bauen?

## *Die Falle*

Da Herr Lemm, der ein reicher Mann war, seinen beiden Kindern zum Christfest eine besondere Freude machen wollte, rief er Anfang Dezember beim Studentenwerk an und erkundigte sich, ob es stimme, dass die Organisation zum Weihnachtsfest Weihnachtsmänner vermittle. Ja, das habe seine Richtigkeit. Studenten stünden dafür bereit, 25 DM koste eine Bescherung, die Kostüme brächten die Stundenten mit, die Geschenke müsste der Hausherr natürlich selbst stellen. »Versteht sich, versteht sich«, sagte Herr Lemm, gab die Adresse seiner Villa in Berlin-Dahlem an und bestellte einen Weihnachtsmann für den 24. Dezember um 18 Uhr. Seine Kinder seien noch klein und da sei es nicht gut, sie allzu lange auf die Bescherung warten zu lassen. Der bestellte Weihnachtsmann kam pünktlich. Er war ein Student mit schwarzem Vollbart, unter dem Arm trug er ein Paket.

»Wollen Sie so auftreten?« fragte Herr Lemm.

»Nein«, antwortete der Student, »da kommt natürlich noch ein weißer Bart darüber. Kann ich mich hier irgendwo umziehen?«

Er wurde in die Küche geschickt. »Da stehen aber leckere Sachen«, sagte er und deutete auf die kalten Platten, die auf dem Küchentisch standen. »Nach der Bescherung, wenn die Kinder im Bett sind, wollen noch Geschäftsfreunde meines Mannes vorbeischauen«, erwiderte die Hausfrau. »Daher eilt es etwas. Könnten Sie bald anfangen?«

Der Student war schnell umgezogen. Er hatte jetzt einen roten Mantel mit roter Kapuze an und band sich einen weißen Bart um. »Und nun zu den Geschenken«, sagte Herr Lemm. »Diese Sachen sind für den Jungen, Thomas« er zeigte auf ein kleines Fahrrad und andere Spielsachen –, »und das bekommt Petra, das Mädchen, ich meine die Puppe und die Sachen da drüben. Die Namen stehen jeweils drauf, da wird wohl nichts schiefgehen. Und hier ist noch ein Zettel, auf dem ein paar Unarten der Kinder notiert sind, reden Sie ihnen mal ins Gewissen, aber verängstigen Sie sie nicht, vielleicht genügt es, etwas mit der Rute zu drohen. Und versuchen Sie, die Sache möglichst rasch zu machen, weil wir noch Besuch erwarten.«

Der Weihnachtsmann nickte und packte die Geschenke in den Sack. »Rufen Sie die Kinder schon ins Weihnachtszimmer, ich komme gleich nach. Und noch eine Frage. Gibt es hier ein Telefon? Ich muss jemanden anrufen.«

»Auf der Diele rechts.«

»Danke.«

Nach einigen Minuten war dann alles soweit. Mit dem Sack über dem Rücken ging der Student auf die angelehnte Tür des Weihnachtszimmers zu. Einen Moment blieb er stehen. Er hörte die Stimme von Herrn Lemm, der gerade sagte: »Wisst ihr, wer jetzt gleich kommen wird? Ja, Petra, der Weihnachtsmann, von dem wir euch schon so viel erzählt haben. Benehmt euch schön brav . . .«

Fröhlich öffnete er die Tür. Blinzelnd blieb er stehen. Er sah den brennenden Baum, die erwartungsvollen Kinder, die feierlichen Eltern. Es hatte geklappt, jetzt fiel die Falle zu. »Guten Tag, liebe Kinder«, sagte er mit tiefer Stimme. »Ihr seid also Thomas und Petra. Und ihr wisst sicher, wer ich bin, oder?«

»Der Weihnachtsmann«, sagte Thomas etwas ängstlich.

»Richtig. Und ich komme zu euch, weil heute Weihnachten ist. Doch bevor ich nachschaue, was ich alles in meinem Sack habe, wollen wir erst einmal ein Lied singen. Kennt ihr ›Stille Nacht, heilige Nacht‹? Ja? Also!«

Er begann mit lauter Stimme zu singen, doch mitten im Lied brach er ab. »Aber, aber, die Eltern singen ja nicht mit! Jetzt fangen wir alle noch mal von vorne an. Oder haben wir den Text etwa nicht gelernt? Wie geht denn das Lied, Herr Lemm?«

Herr Lemm blickte den Weihnachtsmann befremdet an. »Stille Nacht, heilige Nacht, alles schläft, einer wacht . . .«

Der Weihnachtsmann klopfte mit der Tute auf den Tisch: »Einsam wacht! Weiter! Nur das traute . . .«

»Nur das traute hochheilige Paar«, sagte Frau Lemm betreten, und leise fügte sie hinzu: »Holder Knabe im lockigen Haar.«

»Vorsagen gilt nicht«, sagte der Weihnachtsmann barsch und hob die Rute. »Wie geht es weiter?«

»Holder Knabe im lockigen . . .«

»Im lockigen was?«

»Ich weiß es nicht«, sagte Herr Lemm. »Aber was soll denn diese Fragerei? Sie sind hier, um ...«

Seine Frau stieß ihn in die Seite, und als er die erstaunten Blicke seiner Kinder sah, verstummte Herr Lemm.

»Holder Knabe im lockigen Haar«, sagte der Weihnachtsmann.

»Schlaf in himmlischer Ruh, schlaf in himmlischer Ruh. Das nächste Mal lernen wir das besser. Und jetzt singen wir noch einmal miteinander: ›Stille Nacht, heilige Nacht‹.«

»Gut, Kinder«, sagte er dann. »Eure Eltern können sich ein Beispiel an euch nehmen. So, jetzt geht es an die Bescherung. Wir wollen doch mal sehen, was wir hier im Sack haben. Aber Moment, hier liegt ja noch ein Zettel!« Er griff nach dem Zettel und las ihn durch.

»Stimmt das, Thomas, dass du in der Schule oft ungehorsam bist und den Lehrern widersprichst?«

»Ja«, sagte Thomas kleinlaut.

»So ist es richtig«, sagte der Weihnachtsmann. »Nur dumme Kinder glauben alles, was ihnen die Lehrer erzählen. Brav, Thomas.«

Herr Lemm sah den Studenten beunruhigt an.

»Aber ...« begann er. »Sei doch still«, sagte seine Frau.

»Wollten Sie etwas sagen?« fragte der Weihnachtsmann Herrn Lemm mit tiefer Stimme und strich sich über den Bart.

»Nein.«
»Nein, lieber Weihnachtsmann, heißt das immer noch. Aber jetzt kommen wir zu dir, Petra. Du sollst manchmal bei Tisch reden, wenn du nicht gefragt wirst, ist das wahr?«
Petra nickte.

»Gut so«, sagte der Weihnachtsmann. »Wer immer nur redet, wenn er gefragt wird, bringt es in diesem Leben zu nichts. Und da ihr so brave Kinder seid, sollt ihr nun auch belohnt werden. Aber bevor ich in den Sack greife, hätte ich gerne etwas zu trinken.« Er blickte die Eltern an.
»Wasser?« fragte Frau Lemm.
»Nein, Whisky. Ich habe in der Küche eine Flasche ›Chivas Regal‹ gesehen. Wenn Sie mir davon etwas einschenken würden? Ohne Wasser, bitte, aber mit etwas Eis.«
»Mein Herr!« sagte Herr Lemm, aber seine Frau war schon aus dem Zimmer. Sie kam mit einem Glas zurück, das sie dem Weihnachtsmann anbot. Er leerte es und schwieg.
»Merkt euch eins, Kinder«, sagte er dann. »Nicht alles, was teuer ist, ist auch gut. Dieser Whisky kostet etwa 50 DM pro Flasche. Davon müssen manche Leute einige Tage leben, und eure Eltern trinken das einfach runter. Ein Trost bleibt: Der Whisky schmeckt nicht besonders.«
Herr Lemm wollte etwas sagen, doch als der Weihnachtsmann die Rute hob, ließ er es.
»So, jetzt geht es an die Bescherung.«

Der Weihnachtsmann packte die Sachen aus und überreichte sie den Kindern. Er machte dabei kleine Scherze, doch es gab keine Zwischenfälle. Herr Lemm atmete leichter, die Kinder schauten respektvoll zum Weihnachtsmann auf, bedankten sich für jedes Geschenk und lachten, wenn er einen Scherz machte. Sie mochten ihn offensichtlich.

»Und hier habe ich noch etwas Schönes für dich, Thomas«, sagte der Weihnachtsmann. »Ein Fahrrad. Steig mal drauf.«

Thomas strampelte, der Weihnachtsmann hielt ihn fest, gemeinsam drehten sie einige Runden im Zimmer.

»So, jetzt bedankt euch mal beim Weihnachtsmann!« rief Herr Lemm den Kindern zu. »Er muss nämlich noch viele, viele Kinder besuchen, deswegen will er jetzt leider gehen.«

Thomas schaute den Weihnachtsmann enttäuscht an, da klingelte es.

»Sind das schon die Gäste?« fragte die Hausfrau. »Wahrscheinlich«, sagte Herr Lemm und sah den Weihnachtsmann eindringlich an. »Öffne doch.«

Die Frau tat das, und ein Mann mit roter Kapuze und rotem Mantel, über den ein langer weißer Bart wallte, trat ein.

»Ich bin Knecht Ruprecht«, sagte er mit tiefer Stimme.

Währenddessen hatte Herr Lemm im Weihnachtszimmer noch einmal behauptet, dass der Weihnachtsmann jetzt leider gehen müsse. »Nun bedankt euch mal schön, Kinder«, rief er, als Knecht Ruprecht das Zimmer betrat. Hinter ihm

kam Frau Lemm und schaute ihren Mann achselzuckend an.
»Da ist ja mein Freund Knecht Ruprecht«, sagte der Weihnachtsmann fröhlich.
»So ist es«, erwiderte dieser. »Da drauß' vom Walde komm ich her, ich muss euch sagen, es weihnachtet sehr. Und jetzt hätte ich gern etwas zu essen.«
»Wundert euch nicht«, sagte der Weihnachtsmann zu den Kindern gewandt. »Ein Weihnachtsmann allein könnte nie all die Kinder bescheren, die es auf der Welt gibt. Deswegen habe ich Freunde, die mir dabei helfen: Knecht Ruprecht, den heiligen Nikolaus und noch viele andere . . .«
Es klingelte wieder. Die Hausfrau blickte Herrn Lemm an, der so verwirrt war, dass er mit dem Kopf nickte; sie ging zur Tür und öffnete. Vor der Tür stand ein dritter Weihnachtsmann, der ohne Zögern eintrat. »Puh«, sagte er. »Diese Kälte! Hier ist es beinahe so kalt wie am Nordpol, wo ich zu Hause bin!«
Mit diesen Worten betrat er das Weihnachtszimmer. »Ich bin Sankt Nikolaus«, fügte er hinzu, »und ich freue mich immer, wenn ich brave Kinder sehe. Das sind sie doch – oder?«
»Sie sind sehr brav«, sagte der Weihnachtsmann. »Nur die Eltern gehorchen nicht immer, denn sonst hätten sie schon längst eine von den kalten Platten und etwas zu trinken gebracht.«

»Verschwinden Sie!« flüsterte Herr Lemm in das Ohr des Studenten.
»Sagen Sie das doch so laut, dass Ihre Kinder es auch hören können«, antwortete der Weihnachtsmann.
»Ihr gehört jetzt ins Bett«, sagte Herr Lemm.
»Nein«, brüllten die Kinder und klammerten sich an den Mantel des Weihnachtsmannes.
»Hunger«, sagte Sankt Nikolaus.
Die Frau holte ein Tablett. Die Weihnachtsmänner begannen zu essen. »In der Küche steht Whisky«, sagte der erste, und als Frau Lemm sich nicht rührte, machte sich Knecht Ruprecht auf den Weg. Herr Lemm lief hinter ihm her. In der Diele stellte er den Knecht Ruprecht, der mit einer Flasche und einigen Gläsern das Weihnachtszimmer betreten wollte.
»Lassen Sie die Hände vom Whisky!«
»Thomas!« rief Knecht Ruprecht laut, und schon kam der Junge auf seinem Fahrrad angestrampelt. Erwartungsvoll blickte er Vater und Weihnachtmann an.
»Mein Gott, mein Gott«, sagte Herr Lemm, doch er ließ Knecht Ruprecht vorbei.
»Tu was dagegen«, sagte seine Frau. »Das ist ja furchtbar. Tu was!«
»Was soll ich tun?« fragte er, da klingelte es.
»Das werden die Gäste sein!«
»Und wenn sie es nicht sind?«

»Dann hole ich die Polizei!«
Herr Lemm öffnete. Ein junger Mann trat ein. Auch er hatte einen Wattebart im Gesicht, trug jedoch keinen roten Mantel, sondern einen weißen Umhang, an dem er zwei Flügel aus Pappe befestigt hatte.
Der Weihnachtsmann, der auf die Diele getreten war, als er das Klingeln gehört hatte, schwieg wie die anderen. Hinter ihm schauten die Kinder, Knecht Ruprecht und Sankt Nikolaus auf den Gast.
»Grüß Gott, lieber ...«, sagte Knecht Ruprecht schließlich.
»Lieber Engel Gabriel«, ergänzte der Bärtige verlegen. »Ich komme, um hier nachzuschauen, ob auch alle Kinder artig sind. Ich bin nämlich einer von den Engeln auf dem Felde, die den Hirten damals die Geburt des Jesuskindes angekündigt haben. Ihr kennt doch die Geschichte, oder?«
Die Kinder nickten, und der Engel ging etwas befangen ins Weihnachtszimmer. Zwei Weihnachtsmänner folgten ihm, den dritten, es war jener, der als erster gekommen war, hielt Herr Lemm fest.
»Was soll denn der Unfug?« fragte er mit einer Stimme, die etwas zitterte. Der Weihnachtsmann zuckte mit den Schultern. »Ich begreif es auch nicht, warum er so antanzt. Ich habe ihm ausdrücklich gesagt, er solle als Weihnachtsmann kommen, aber wahrscheinlich konnte er keinen roten Mantel auftreiben!«

»Sie werden jetzt alle schleunigst hier verschwinden«, sagte Herr Lemm.
»Schmeißen Sie uns doch raus«, erwiderte der Weihnachtsmann und zeigte ins Weihnachtszimmer. Dort saß der Engel, aß Schnittchen und erzählte Thomas davon, wie es im Himmel aussah. Die Weihnachtsmänner tranken und brachten Petra ein Lied bei, das mit den Worten begann: »Nun danket alle Gott, die Schule ist bankrott.«
»Wie viel verlangen Sie?« fragte Herr Lemm.
»Wofür?«
»Für Ihr Verschwinden. Ich erwarte bald Gäste, das wissen Sie doch.«
»Ja, das könnte peinlich werden, wenn Ihre Gäste hier hereinplatzen würden. Was ist Ihnen denn die Sache wert?«
»Hundert Mark«, sagte der Hausherr. Der Weihnachtsmann lachte und ging ins Zimmer. »Holt mal eure Eltern«, sagte er zu Petra und Thomas. »Engel Gabriel will uns noch die Weihnachtsgeschichte erzählen.«
Die Kinder liefen auf die Diele. »Kommt«, schrieen sie, »Engel Gabriel will uns was erzählen.« Herr Lemm sah seine Frau an.
»Halt mir die Kinder etwas vom Leibe«, flüsterte er, »ich rufe jetzt die Polizei an!« »Tu es nicht«, bat sie, »denk doch daran, was in den Kindern vorgehen muss, wenn Polizisten . . .« »Das ist mir jetzt völlig egal«, unterbrach Herr Lemm. »Ich tu's.«

»Kommt doch«, riefen die Kinder. Herr Lemm hob den Hörer ab und wählte. Die Kinder kamen neugierig näher. »Hier Lemm«, flüsterte er. »Lemm, Berlin-Dahlem. Bitte schicken Sie ein Überfallkommando.« »Sprechen Sie lauter«, sagte der Polizeibeamte. »Ich kann nicht lauter sprechen, wegen der Kinder. Hier, bei mir zu Haus, sind drei Weihnachtsmänner und ein Engel, und die gehen nicht weg ...«

Frau Lemm hatte versucht, die Kinder wegzuscheuchen, es war ihr nicht gelungen. Petra und Thomas standen neben ihrem Vater und schauten ihn an. Herr Lemm verstummte.

»Was ist mit den Weihnachtsmännern?« fragte der Beamte, doch Herr Lemm schwieg weiter.

»Fröhliche Weihnachten«, sagte der Beamte und hängte auf.

Da erst wurde Herrn Lemm klar, wie verzweifelt seine Lage war.

»Komm, Papi«, riefen die Kinder. »Engel Gabriel will anfangen.« Sie zogen ihn ins Weihnachtszimmer.

»Zweihundertfünfzig«, sagte er leise zum Weihnachtsmann, der auf der Couch saß. »Pst«, antwortete der und zeigte auf den Engel, der »Es begab sich aber zu der Zeit« sagte und langsam fortfuhr. »Dreihundert.« Als der Engel begann, den Kindern zu erklären, was der Satz »Und die war schwanger« bedeute, sagte Herr Lemm »Vierhundert«, und der Weihnachtsmann nickte.

»Jetzt müssen wir leider gehen, liebe Kinder«, sagte er. »Seid hübsch brav, widersprecht euren Lehrern, wo es geht, haltet die Augen offen und redet, ohne gefragt zu werden. Versprecht ihr mir das?«

Die Kinder versprachen es, und nacheinander verließen der Weihnachtsmann, Knecht Ruprecht, Sankt Nikolaus und der Engel Gabriel das Haus. »Ich fand es nicht richtig, dass du Geld genommen hast«, sagte Knecht Ruprecht auf der Straße.

»Das war nicht geplant.«

»Leute, die sich Weihnachtsmänner mieten, sollen auch dafür zahlen«, meinte Engel Gabriel.

»Aber nicht so viel.«

»Wieso nicht? Alles wird heutzutage teurer, auch das Bescheren.«

»Expropriation der Expropriateure«, sagte der Weihnachtsmann.

»Richtig«, sagte Sankt Nikolaus. »Wo steht geschrieben, dass der Weihnachtsmann immer nur etwas bringt? Manchmal holt er auch was.«

»In einer Gesellschaft, deren Losung ‚Hastuwasbistuwas' heißt, kann auch der Weihnachtsmann nicht sauber bleiben«, sagte Engel Gabriel. »Es ist kalt«, sagte der Weihnachtsmann.

»Vielleicht sollten wir das Geld einem wohltätigen Zweck zur Verfügung stellen«, schlug Knecht Ruprecht vor.

»Erst einmal sollten wir eine Kneipe finden, die noch auf hat«, sagte der Weihnachtsmann. Sie fanden eine, nahmen ihre Bärte ab, setzten sich und spendierten eine Lokalrunde, bevor sie weiter beratschlagten.

*Robert Gernhardt*

## *Der bunte Teller*

*Das Jahr, in dem ich die Grundschule verließ, um forthin ein privates anerkanntes Gymnasium der Englischen Fräulein zu besuchen. Was 1977 außerhalb unserer kleinen Farm noch so passierte, war beispielsweise dies:*

Die Charta 77 veröffentlicht in der internationalen Presse eine Petition, die die Menschenrechtsverletzungen der CSSR zum Inhalt hat und die Einhaltung der zwei Jahre zuvor verabschiedeten KSZE-Beschlüsse von Helsinki fordert – Punk etabliert sich als Subkultur – Elvis Presley stirbt auf seinem Anwesen *Graceland*, das seit 2006 nationales Wahrzeichen der USA ist – Die Zeitschrift *Emma* von Alice Schwarzer als Herausgeberin erscheint erstmalig – Der renommierte Rowohlt-Verlag startet seine Reihe *die neue frau* – Günter Wallraff präsentiert sein Buch *Der Aufmacher*, in dem er die Praktiken der *Bild*-Zeitung kritisiert – Siegfried Buback, Jürgen Ponto und Hanns Martin Schleyer werden von der RAF ermordet – Die Lufthansa-Maschine *Landshut* wird entführt und von der GSG 9 befreit – Die zu lebenslanger Haft verurteilten RAF-Terroristen Andreas Baader, Gudrun Ensslin und Jan-Carl Raspe nehmen sich das Leben – Pol Pot ergreift die Regierungsmacht in Kambodscha – Kaiser Franz Beckenbauer unterschreibt einen Dreijahres- und 7-Millionen-D-Mark-Vertrag bei dem New Yorker Fußballverein *Cosmos* – Ludwig Erhard, der erste Wirtschaftminister und zweite Kanzler der BRD, stirbt

# *Die Kinder der Siebziger packen aus*
# *Eine Enthüllungsgeschichte – Teil 1*

*Die Geschenke an Weihnachten konnten sich sehen lassen. Auch wenn wir das ganze Jahr über außer an den eigenen Geburtstagen und Ostern nie ein Präsent bekamen, das über den Wert eines* Bussi-Bär-Heftes *oder einer Tüte Gummibärchen hinausging: Weihnachten war für meine Geschwister und mich, als hätten wir den dreifach Jackpot geknackt.*

In den siebziger Jahren haben wir unter dem Weihnachtsbaum summa summarum sicher über fünfhundert Weihnachtsgeschenke ausgepackt. Ungeduldig aufgerissen. Bedächtig enthüllt.

Es gibt Weihnachtsgeschenke, die nahezu jedes Mädchen seit Generationen unter dem Weihnachtsbaum entdeckt und die sich nur durch ihre Ausstattung der jeweiligen Zeit anpassen. Dazu gehört mit Sicherheit der Kaufmannsladen, der aus der Gemischtwarenladen-Zeit stammt. Und Puppen. Oder ein Puppenhaus, ebenfalls ein Must Have.

Als ich meines bekam, war es perfekt eingerichtet, ganz im Stil der Siebziger mit in Muster und Farbe aufeinander abgestimmten Kunststoffmöbeln, Gardinen und Tapeten mit einer *Top-Kollektion zur Verwirklichung des Set-Gedankens* (Werbung von salubra, TEAM Collection, 1972). Der Petter hatte es selbst zusammengebaut und bis ins Detail eingerichtet. Sogar Bilder hingen gerahmt an den Wänden. Damals gab es das noch: Heimwerker. Männer, die im Keller eine reich ausgestatte Werkstatt besaßen, in der neue Möbel hergestellt oder Haushaltsgegenstände repariert werden konnten. Oder aber in mühevollster Kleinarbeit die Weihnachtsgeschenke der Kinder entstanden, die man gern hatte.

Die Jungengeneration spaltet sich bei der Frage nach dem schönsten Weihnachtsgeschenk in den Siebzigern in zwei Lager, so wie es in der Schule die Pelikan- und die Gehafüller-Fraktion gegeben hatte. Es gibt nur Entweder – Oder. Für meinen Mann ist das schönste Weihnachtsgeschenk zweifelsfrei die elektrische Eisenbahn, die sich Jahr um Jahr erweiterte. Bis die Märklin- oder Fleischmann-Welt en miniature mehrere Quadratmeter Fläche einnahm und schon allein das jährliche Aufbauen einen ganzen Tag in Anspruch nahm. Das Spiel war ein kreativer Schaffensprozess, das Ergebnis eine Ideallandschaft mit schneebedeckten Bergen und kleinen Dörfern. In den Tälern fuhren zum Beweis der logistischen Meisterleistung gleich mehrere Züge, ohne zusammenzustoßen. Noch nicht mal in den Tunnels.
Für meinen älteren Bruder hingegen ist das schönste Geschenk die Carrerabahn. Die Antwort kommt prompt und ohne Zögern. Die Formel-1 fürs Kinderzimmer ließ ihn je-

den Tag zum Champion werden – allerdings nur, bis er mit zwölf die Kurve gekriegt hat. Andere haben weitertrainiert, las ich neulich verwundert in der Zeitung. Beispielsweise der jetzt vierzigjährige Wiener Andreas Loth, der so 2006 bei dem in Nürnberg ausgetragenen Wettkampf *offizieller Weltmeister im Carrera- Rennbahnfahren* werden konnte. Na, ich weiß nicht.

Die Siebziger waren das Jahrzehnt, in dem Niki Lauda zur Legende wurde. Schon 42 Tage nach seinem schweren Unfall, bei dem er lebensgefährlich verletzt aus dem brennenden Wagen gezogen wurde, fuhr er 1976 für Ferrari wieder ein Grand-Prix-Rennen. König der Herzen wurde er aber für uns erst, als er das letzte Rennen der Saison auf einer miserablen Strecke voller Pfützen von Fuji/Japan abbrach und die vom Management vorbereitete Erklärung nicht verlesen wollte. Statt zu behaupten, sein Wagen habe einen Motorschaden gehabt, sagte er in der anschließenden Pressekonferenz: »Das Risiko war mir zu hoch. Ich hatte Angst – das war alles!«
Das gab es vorher nicht: mächtige, einflussreiche, mutige Männer, die Angst hatten und öffentlich darüber sprachen.

*Die neuen Leiden des jungen W.*

*Notiz in der »Berliner Zeitung« vom 26. Dezember:*

Am Abend des 24. Dezember wurde der Jugendliche Edgar W. in einer Wohnlaube der Kolonie Paradies II im Stadtbezirk Lichtenberg schwer verletzt aufgefunden. Wie die Ermittlungen der Volkspolizei ergaben, war Edgar W., der sich seit längerer Zeit unangemeldet in der auf Abriss stehenden Laube aufhielt, bei Basteleien unsachgemäß mit elektrischem Strom umgegangen.

*Anzeige in der »Berliner Zeitung« vom 30. Dezember:*

Ein Unfall beendet am 24. Dezember das Leben unseres jungen Kollegen
Edgar Wibeau
Er hatte noch viel vor!
VEB WIK Berlin
AGL Leiter FDJ

*Anzeige in der »Volkswacht« Frankfurt/O. vom 31. Dezember:*

Völlig unerwartet riss ein tragischer Unfall unseren unvergessenen Jugendfreund
Edgar Wibeau
aus dem Leben.
VEB (K) Hydraulik Mittenberg
Berufsschule Leiter FDJ

Für mich noch unfassbar erlag am 24. Dezember mein lieber Sohn
Edgar Wibeau
den Folgen eines tragischen Unfalls.
Else Wibeau

(...)

Zu Hause hängte ich meine nassen Sachen an den Nagel. Ich wusste nicht, was ich machen sollte. Ich wusste *einfach* nicht, was ich machen sollte. Ich war am Boden wie noch nie. Ich ließ die M.S.-Jungs laufen. Ich tanzte bis ich kochte, vielleicht zwei Stunden, aber dann wusste ich immer noch nicht, was ich machen sollte. Ich versuchte es mit Schlafen. Ich wälzte mich ewig und drei Stunden auf dem ollen Sofa. Als ich wach wurde, war draußen der dritte Weltkrieg ausgebrochen. Ein Panzerangriff oder was. Ich jumpte von dem ollen Sofa und an die Tür, da tobte so ein Vieh mit Raupenketten und Stahlschild genau auf mich zu. Ein Bulldozer. Hundertfünfzig PS. Ich brüllte schätzungsweise wie ein Idiot. Einen halben Meter vor mir kam er zum Stehen, mit abgewürgtem Motor. Der Kerl da, der Fahrer, kam von seinem Bock. Ohne eine Warnung setzte er mir eine rechte Gerade an, dass ich zwei Meter in meine Laube flog. Ich machte sofort eine Rolle rückwärts. Damit kommt man am schnellsten wieder auf die Beine. Ich zog den Kopf ein zum Gegenangriff.

Ich hätte ihm einen linken Haken angesetzt, dass er nicht wieder geworden wäre. Ich glaube, ich sagte noch nicht, dass ich ein echter Linkshänder war. Das war ungefähr das einzige, was Mutter Wibeau mir nicht abgewöhnen konnte. Sie machte alles mögliche, um es zu schaffen, und ich Idiot machte auch noch mit. Bis ich anfing zu stottern und ins Bett zu machen. An dem Punkt sagten die Ärzte stopp. Ich durfte wieder mit der Linken schreiben, hörte auf zu stottern und wurde wieder trocken. Der ganze Erfolg war, dass ich später mit der Rechten ganz gut zurechtkam, viel besser zum Beispiel als andere mit der Linken. Aber die Linke lag doch immer vorn. Bloß, dieser Panzerfahrer dachte gar nicht daran, die Fäuste hochzunehmen. Er war plötzlich selber käseweiß, setzte sich auf die Erde. Dann sagte er: 'ne Sekunde später, und du warst ein Brei und ich im Zet. Und ich hab drei Kinder. – Bist du wahnsinnig, hier noch zu wohnen?
Der machte Baufreiheit mit seinem Schrapper für die nächsten Neubauten. Ich sah wahrscheinlich ziemlich alt aus. Ich nuschelte: Ein paar Tage noch, und ich bin hier weg.
Soviel war mir in der Nacht klargeworden, dass ich in Berlin nichts mehr zu bestellen hatte. Ohne Charlie hatte ich da nichts mehr zu bestellen. Darauf lief es doch hinaus. Zwar hatte *sie* mit der Küsserei angefangen. Aber langsam begriff ich, dass ich trotzdem zu weit gegangen war. Ich als Mann hätte die Übersicht behalten müssen.

Er sagte noch: Drei Tage noch. Bis nach Weihnachten. Dann ist Schluss, klar?!

Dann schwang er sich wieder auf seinen Panzer. Ich war zwar entschlossen, so schnell wie möglich die Spritze fertigzumachen, aber drei Tage, das war knapp. Und blaumachen wollte ich nicht. Ich wollte nicht noch im letzten Moment ein Risiko eingehen durch Blaumachen. Zaremba wäre doch glatt nach vierundzwanzig Stunden aufgetaucht und hätte nach dem Rechten geschnüffelt. Oder Addi. Ich war immerhin sein größter Erziehungserfolg. Ich wollte die Spritze fertigmachen, sie Addi auf den Tisch knallen und dann abdampfen nach Mittenberg und von mir aus die Lehre zu Ende machen. So weit war ich. Ich weiß nicht, ob das einer versteht, Leute. Wahrscheinlich war mir einfach bloß mulmig wegen Weihnachten. Ich stand zwar nie besonders auf diesen Weihnachtsklimbim und das. »O du fröhliche« und Bäumchen und Kuchen. Aber mulmig war mir doch irgendwie. Wahrscheinlich ging ich auch deswegen *gleich* zur Post, um zu sehen, ob im Schließfach was von Willi war. Sonst ging ich immer erst nach Feierabend.

Mir wurde sofort komisch, als im Schließfach ein Eilbrief von Willi war. Ich riss ihn auf. Ich wurde nicht wieder. Der wichtigste Satz war ... mach mit mir, was du willst. Ich habe es nicht ausgehalten. Ich hab deiner Mutter gesagt, wo du bist. Dass du dich nicht wunderst, wenn sie auftaucht. Der Brief war zwei Tage gegangen. Ich wusste, was ich zu

tun hatte. Ich machte sofort kehrt. Wenn sie den Frühzug in Mittenberg nahm, hätte sie schon da sein müssen, Wegezeit eingerechnet. Folglich hatte ich noch eine Chance bis zum Abendzug. Ich kaufte einen Armvoll Milchtüten, weil Milch am einfachsten satt macht, und schloss mich in der Laube ein. Ich verhängte alle Fenster. Vorher machte ich draußen noch einen Zettel an: Bin gleich wieder da!
Im Fall aller Fälle. Das konnte auch für den nächsten blöden Bulldozer gut sein, dachte ich. Dann stürzte ich mich auf meine Spritze. Ich fing an zu schuften wie irr, ich Idiot.

»Am Montag, einen Tag vor Weihnachten, kam er nicht zur Arbeit. Wir waren nicht besonders sauer deswegen. Es war unwahrscheinlich mild, und wir konnten den Tag gut nutzen, aber wir hatten den Jahresplan längst in der Tasche. Außerdem fehlte Edgar das erste Mal, seit wir ihn wiedergeholt hatten.«

Das war mein Glück, oder wie man das nennen soll. So ziemlich die einzige von meinen Rechnungen, die aufging. Ich begreife zum Beispiel nicht mehr, warum ich mit meiner Spritze so sicher war. Aber ich war tatsächlich so sicher wie nie. Der Gedanke mit der Hydraulik war so logisch wie nur was. Dieser Farbnebel beim Spritzen kam durch die Druckluft. Fiel die weg und man brachte den nötigen Druck ohne Luft, war das Ding gelaufen. Blöd war bloß, dass ich auf die Art keine Zeit mehr hatte, mir die nötige Düse anzufertigen. Ich musste bis Feierabend warten, am besten bis es dunkel wurde, und dann die von Addi klauen. Addis Spritze lag abgeschrieben unter unserem Salonwagen. Mein nächstes Problem war, die nötigen PS ranzuschaffen für die beiden Druckzylinder. Zum Glück hatte ich tatsächlich einen E-Motor von gut zwei PS auftreiben können. Den musste ich sogar noch drosseln. Ich weiß nicht, ob sich einer vorstellen kann, was zwei PS anrichten können, wenn sie losgelassen sind. Vielleicht denkt auch einer, das Ganze war eine Spielerei oder so was. Hobbybeschäftigung. Das ist Quatsch. Was Zaremba gesagt hatte, war richtig. Das Ding wäre eine echte Sensation gewesen, technisch und ökonomisch. Ungefähr in der Art wie der Vorderradantrieb bei Autos seinerzeit, wenn einer weiß, was das ist. An sich sogar noch eine Stufe höher. Es konnte einen berühmt machen, jedenfalls in der Fachwelt. Ich wollte es Addi auf den Tisch knallen und sagen: Drück mal auf dieses Knöpfchen hier.

Schätzungsweise wäre er nicht wieder geworden. Dann hätte ich die Sache mit Charlie in Ordnung gebracht und wäre dann abgedampft. Ich meine, ich hätte sie ihm natürlich nicht *wirklich* auf den Tisch geknallt. Dazu war sie langsam zu groß. Sie sah langsam aus wie eine olle Jauchepumpe mit Windantrieb. Ich hatte zwar alles, was ich brauchte, bloß nichts passte richtig zusammen. Ich *musste* einfach anfangen zu pfuschen. Sonst wäre ich nie im Leben fertig geworden. Am meisten fehlte mir eine elektrische Bohrmaschine. Außerdem hatte der Motor natürlich dreihundertachtzig Volt. Ich nahm an, er war aus einer alten Drehmaschine. Das heißt, ich musste die zweihundertzwanzig in der Laube erst hochtransformieren. Ich hoffte bloß, dass der Trafo in Ordnung war, den ich hatte. Irgendein Messgerät hatte ich nicht. Das war wahrscheinlich ein weiterer Nagel zu meinem Sarg. Und Zeit, eins irgendwo aufzureißen, hatte ich schon gar nicht. Außerdem liegen Messgeräte nicht so rum wie ein oder zwei alte LKW-Stoßdämpfer. Die hatten übrigens auch nicht gerade rumgelegen, und alt waren sie vielleicht auch nicht, aber man konnte doch rankommen, wenn man wollte. Ohne die Stoßdämpfer wäre ich einfach aufgeschmissen gewesen. Die Mäntel hätten zwar dicker sein müssen, für den Druck. Notfalls wollte ich deswegen die Düse aufbohren. Das hätte zwar den Strahl dicker gemacht, aber ich wollte sowieso mit Ölfarbe anfangen. Gegen zwölf war ich so weit, dass ich die Düse brauchte zum Einpassen. Ich robbte los in Richtung Baustelle. Ich war nicht der Meinung, dass ich schon fertig war und dass der erste Versuch gleich klappen würde. Aber auf die Art hatte ich noch die Nacht lang Zeit zum Verbessern. Ich war wieder ruhiger. Mutter Wibeau konnte höchstens am nächsten Vormittag auftauchen. Sie hatte mir noch eine Chance gegeben. Auf dem Bau war alles dunkel. Ich

tauchte unter unseren Salonwagen und fing an, die Überwurfmutter zu lösen. Blöderweise hatte ich kein anderes Universalwerkzeug als die halbvergammelte Rohrzange. Außerdem saß die Übermutter fest wie Mist. Ich riss mir fast den halben Arsch auf, bis ich sie locker hatte. In dem Moment hörte ich, dass Zaremba im Wagen war, und zwar mit einer Frau. Ich sagte es schon. Wahrscheinlich hatte ich sie aufgestört. Jedenfalls, als ich unter dem Wagen vorkroch, stand er vor mir. Er knurrte: No?
Er stand direkt vor mir und starrte mich an. Allerdings stand er da im Licht, das aus dem Wagen kam. Er hatte dieses kleine Beil von uns in der Hand. Ich nahm damals an, er war einfach geblendet. Aber er hatte dieses Grinsen in seinen Schweinsritzen. Auf *die* Entfernung hat er mich einfach sehen müssen. Ich machte zwar keine Bewegung. Ich kann nur jedem raten, in dieser Situation einfach keine Bewegung zu machen. Meiner Meinung nach war Zaremba der letzte Mensch, der mich gesehen hat und der auch genau wusste, was gespielt wurde.
Auf dem ganzen Rückweg sah ich keinen Schwanz. Um die Zeit hätte man auch nach Mittenberg gehen können. Überhaupt sah Berlin nach acht genau wie Mittenberg aus. Alles hockte vor der Röhre. Und die paar Halbstarken verkrümelten sich in den Parks oder Kinos oder sie waren Sportler und zum Training. Kein Schwanz auf der Straße.
Gegen zwei hatte ich die Düse am Stutzen. Ich füllte die

Hälfte der Ölfarbe in die Patrone. Dann überprüfte ich noch mal die Schaltung. Ich sah mir überhaupt das ganze Ding noch mal an. Ich sagte wohl schon, wie es aussah. Es war normalerweise technisch nicht vertretbar. Aber mir kam es auf das Prinzip an. Das war schätzungsweise mein letzter Gedanke, bevor ich auf den Knopf drückte. Ich Idiot hatte doch tatsächlich den Klingelknopf von der Laube abgebaut. Ich hätte jeden normalen Schalter nehmen können. Aber ich hatte den Klingelknopf abgebaut, bloß damit ich zu Addi sagen konnte: Drück mal auf den Knopf hier.
Ich war vielleicht ein Idiot, Leute. Das Letzte, was ich merkte, war, dass es hell wurde und dass ich mit der Hand nicht mehr von dem Knopf loskam. Mehr merkte ich nicht. Es kann nur so gewesen sein, dass die ganze Hydraulik sich nicht bewegte. Auf die Art musste die Spannung natürlich ungeheuer hochgehen und wenn einer dann die Hand daran hat, kommt er nicht wieder los. Das war's. Macht's gut, Leute!

»Als Edgar auch am Dienstag nicht kam, gingen wir gegen Mittag los.
Auf dem Grundstück war die VP. Als wir sagten, wer wir sind, sagten sie uns, was los war. Auch, dass es keinen Zweck hatte, ins Krankenhaus zu gehen. Wir waren wie vor den Kopf geschlagen. Sei ließen uns dann in die Laube. Das Erste, was mir auffiel, war, dass die Wände voller Ölfarbe

waren, vor allem in der Küche. Sie war noch feucht. Es war dieselbe, mit der wir die Küchenpaneele machten. Es roch nach der Farbe und nach verschmortem Isolationsmaterial. Der Küchentisch lag um. Sämtliches Glas lag in Scherben. Unten lagen ein verschmorter Elektromotor, verbogene Rohrenden, Stücke von Gartenschlauch. Wir sagten denen von der VP, was wir wussten, aber eine Erklärung hatten wir auch nicht. Zaremba sagte noch, aus welchem Betrieb Edgar gekommen war. Dann war Schluss.

Wir machten an dem Tag keinen Handschlag mehr. Ich schickte alle nach Hause. Bloß Zaremba ging nicht. Er fing an, unter unserem Bauwagen unsere alte Spritze vorzuziehen. Er untersuchte sie, und dann zeigte er mir, dass die Düse fehlte. Wir gingen sofort zurück auf Edgars Grundstück. Die Düse fanden wir in der Küche in einem Stück alten Gasrohr. Ich suchte zusammen, was sonst noch rumlag, auch das Kleinste. Auch, was auf dem Tisch festgeschraubt war. Zu Hause reinigte ich es von der Ölfarbe. Über Weihnachten versuchte ich, die ganze Anordnung zu rekonstruieren. Ein besseres Puzzlespiel. Ich schaffte es nicht. Wahrscheinlich fehlte doch noch die Hälfte der Sachen, vor allem ein Druckbehälter oder etwas in der Art. Ich wollte noch mal in die Laube, aber da war sie schon eingeebnet.«

Schätzungsweise war es am besten so. Ich hätte diesen Reinfall sowieso nicht überlebt. Ich war jedenfalls fast so weit, dass ich Old Werther verstand, wenn er nicht mehr weiterkonnte. Ich meine, ich hätte nie im Leben freiwillig den Löffel abgegeben. Mich an den nächsten Haken gehängt oder was. Das nie. Aber ich wäre doch nie *wirklich* nach Mittenberg zurückgegangen. Ich weiß nicht, ob das einer versteht. Das war vielleicht mein größter Fehler: Ich war zeitlebens schlecht im Nehmen. Ich konnte einfach nichts einstecken. Ich Idiot wollte immer der Sieger sein.

*Ulrich Plenzdorf*

# *Die Kinder der Siebziger packen aus Eine Enthüllungsgeschichte – Teil 2*

*In den siebziger Jahren lag unter dem Weihnachtsbaum wie in den Jahren zuvor oder danach Spielzeug. Neu waren Fischertechnik und Lego. Oder Playmobil, das ab 1974 nur für uns entwickelt wurde und womit auch meine Kinder gerne spielten.*

Aber weder die Eisenbahn meines Mannes noch die Carrerabahn erlebten dreißig Jahre später in unserem Haushalt ein Comeback, obwohl auch unsere Kinder eine bekommen hatten, weil wir unseren eigenen Kindheitserinnerungen hinterherkauften.

Weihnachten war außerdem der Zeitpunkt, zu dem meine Geschwister und ich auch modisch auf den aktuellsten Stand gebracht werden wollten. Ein Markenbewusstsein haben wir in den Siebzigern von Kindesbeinen an entwickelt. Stand eine Marke in den Jahrzehnten davor für Qualität, wurde sie nun zum Symbol eines Lebensgefühls. Das war neu.

Von dem richtigen Turnschuh, T-Shirt oder einer Jeans hing als Kind oder Teenager das Gefühl von Individualität und Selbstsicherheit ab. Ein bestimmtes Kleidungsstück aus dem Katalog oder der aktuellsten Adidas-Kollektion brachte uns dem Bild, dem wir entsprechen wollten, ein kleines

Stück näher. In den Siebzigern schaffte die Jeans den sozialen Aufstieg und brachte Klassenunterschiede zum Verschwinden. Beinahe, denn Jeans war und ist nicht gleich Jeans. Kult waren, als es den Ausdruck noch nicht gab, Wrangler-Jeans: *Wrangler sind Wünsche, die uns kleiden. Seid lässig, Leute. Werdet Wranglers!* Oder Levi's: *Könnte Levi's nicht doch mehr bedeuten als nur Jeans . . .?*
Auch das T-Shirt gab es in unserem Kleiderschrank nicht immer als Oberbekleidung, sondern nur solange wir denken können. In den Fünfzigern und Sechzigern war das T-Shirt Antimode geworden, Kleidungsstück einer Rebellion – von Männern. Die Siebziger nahmen ihm die Schärfe und etablierten es als Must Have, zuletzt für Frauen und Kinder. Jetzt trugen wir es beispielsweise im Winter nicht mehr nur unter der Bluse, sondern statt eines Pullunders auch darüber. Yves Saint-Laurent, damals am Anfang seiner Modedesigner-Karriere, proklamierte das Manifest: »Eine Zwanzigjährige braucht nur ein T-Shirt und eine Jeans.« Obwohl wir noch längst nicht so alt waren und gar nichts von Yves Saint-Laurent wussten, stimmten wir mit ihm in allen Punkten überein.

In den Kleidern von damals sind wir alt und grau geworden. Wir tragen noch immer Jeans und dazu ein T-Shirt. Nur die Hosengrößen sind andere, sie entsprechen jetzt immer mehr unserem Alter. Und die Schnittmuster sind wie die

auf T-Shirts aufgedruckten Statements modischen Schwankungen unterworfen.

Mit dem Abstand einer Generation scheinen sie sich jedoch zu wiederholen, wenn auch nicht vollständig. Ein *Trimmy*-T-Shirt habe ich, seitdem meines in den Altkleidersack des DRK gewandert ist, nie wieder gesehen. Aber andere meines Alters tragen mittlerweile wieder ein T-Shirt mit der Fotografie Che Guevaras von Alberto Korda und der Aufschrift *Hasta la Victoria Siempre.* Um es zu bezahlen, benötigen sie diesmal noch nicht einmal Geld.

Weihnachten bedeutet heute wie damals, dass man genüsslich höchste Ansprüche stellt.
An diesen Tagen soll es schon ein sehr gutes Essen sein und auch der Wein ist nicht der immer übliche. Dementsprechend viel Zeit verbringen erwachsene Menschen mit der Planung der Speisen und Getränke, die der späteren, scheinbar beiläufigen Frage »Was habt *ihr* denn an Weihnachten gegessen?« standhalten muss.
Wenn wir nach der Bescherung am festlich eingedeckten Tisch saßen, war uns Kindern das Essen nebensächlich. Erst wenn die Erwachsenen Spätlese aus den guten Bleikristallgläsern tranken, die sonst im braunen Eichenschrank im Wohnzimmer dekorativ hinter Glas angeordnet waren, und vom Käseigel aßen, konnten wir wieder dorthin, wo für uns Weihnachten stattfand. Zum Christbaum eben, bei den Weihnachtsgeschenken.

Wenn ich an Heiligabend spät in der Nacht schlafen ging, war mein letzter Gedanke stets: »Schön war's.« Und: »Das war ja noch nicht alles.« Denn der nächste Tag würde mit weiterem Besuch weitere Geschenke bringen.
Oma E. schenkte jedem Kind ein großes echtes Lübecker Marzipanbrot, das noch besser schmeckte, wenn man die frische Schnittstelle etwas antrocknen ließ. Dazu einen weißen, gefütterten Briefumschlag mit DM 25.– drinnen, der meine Kaufkraft stärkte und es mir ermöglichte, Groß-

kunde der Phonoindustrie zu werden. Bis zu fünf Titel konnte ich von dem Geld kaufen. Fünf von über acht Millionen Kinderschallplatten, die 1973 in der Bundesrepublik verkauft wurden. Der *Räuber Hotzenplotz*, der nach nur einem Monat bereits in einer halben Million Kinderzimmer vorhanden war, befand sich selbstredend auch darunter.

Von Tantehertaundonkelhans bekam ich ein neues Teil meines zukünftigen, insgesamt 24-teiligen Silberbesteckes von WMF aus der Serie »Madrid«, das ich als Aussteuer brauche würde, wenn ich einmal heiraten sollte. Ich hatte nichts anderes vor, auch wenn ich noch nicht ahnte, dass nur 94,9 Kilometer entfernt mein späterer Gatte gerade in seinem neuen braunen Nikipullover vor einem auch mit *Loriot*-Figürchen geschmückten Christbaum saß und das vierte Jahrbuch der Kinderliteratur von Beltz & Gelberg auspackte, in dem er als Erstes die Geschichten von Frederik Hetmann lesen würde.

*So war das. In den Siebzigern. Ungefähr so . . .*

Bei uns gab's an Weihnachten immer nur Salate. Jeder musste einen machen. Manchmal Kirche. 18 Uhr Gottesdienst: »Wir-schlagen-die-Zeit-bis-zur-Bescherung-tot«. Kam nicht so häufig vor. Aber immer Glöckchen zur Bescherung. Kein Lametta im Baum. Eher Organisches. Musizieren unterm Weihnachtsbaum. Flöte und Gitarre – nicht wirklich schön. Dann doch lieber die Carl-Orff-Geschichte vom Plattenteller. Auf Österreichisch. Salate essen. Bunter Teller. Geschwisterneid. Bis zum Glöckchenläuten noch mit der Produktion und Verpackung der Geschenke beschäftigt. Selbst gemacht. Gekauftes (von uns Kindern) ist irgendwie nicht vorgekommen. Hätte wohl lieblos gewirkt. Wenn es zeitlich nicht mehr geklappt hat, griff eine andere Tradition: die der Gutscheine. (Wird bis heute fortgeführt.) Auch für die Beschenkung der Erwachsenen untereinander praktikabel. Von Erwachsenen an Kinder nur dann gerechtfertigt, wenn es sich um eine geschenkte Dienstleitung handelte. (Hochbett bauen!)

Ich hatte meist alle Weihnachtsgeschenke in den Wochen vorher schon irgendwo gesichtet. Meine Eltern machten mir weis, dass ich mit meinen Vermutungen total falsch liegen würde. Die Geschenke lagen oft abseitig (Fahrrad im Nebenzimmer und so). Musste ich erst mal neidvoll auf den großen Geschenkeberg meiner Schwester blicken, meiner ganz klein. Vor lauter Frust habe ich das Fahrrad auch dann nicht mehr wahrgenommen, als mein Vater mich hingeschickt hat. (»Geh mal rüber, da liegt noch was für dich neben dem Klavier.«)

Große »Kehrpakete« von den Großeltern. Mit Kaffee, Butter, Schinken, Kuchen und allem, was dazu gehört. Süßigkeiten. Auch echte Geschenke. In frühen Jahren immer große Freude, später leichtes Genervtsein elterlicherseits: »Können wir uns doch auch einfach kaufen.« Ich fand's immer prima. Auch wenn man bei fast allen Sachen schon vorm Auspacken wusste, was drin ist. Wechselnde Gruppen zu Gast. Mal die Norweger – um den Weihnachtsbaum tanzen, insgesamt eher anstrengend –, mal die familienlosen FreundInnen meiner Eltern. Schöner: die Reisen an Weihnachten – Weihnachten auf der Hütte in der Steiermark mit Kind und Kegel und Großtante. Kleiner Baum (selbst gefällt!) in heißer Hütte mit knisterndem Feuer im Ofen. Ich durfte drunter schlafen (unter dem Bäumchen). Weihnachten in den USA mit lustigen Gästen und einer geschenkten Schere, die als Geflügelschneider verwendet wurde. Weihnachten auf La Palma unterm Sternenhimmel.

Großartig: Weihnachten in Piz Lagalp (oder so ähnlich) als Kindergartenkind. Skifahren mit den Martini-Riedels (drei Kinder). Unterkunft in riesigem Schweizer Alpengasthäuschen. In riesigen Schlafsälen mit den anderen Kindern.

Die Legende geht, dass meine Mutter sich an Heiligabend heulend im Flurschrank versteckt hat, weil sich herausge-

stellt hatte, dass sie unsere Weihnachtsgeschenke zu Hause vergessen hatte. Wir haben dann aber jeder von jedem Riedelkind ein Geschenk abbekommen. (Fette Beute!) Kann mich selbst daran nicht erinnern: Entweder ich fand's nicht schlimm oder so traumatisch, dass ich es verdrängt habe.
Mit der Dehmel-Familie einmal Weihnachten im verschneiten Odenwälder Wald gefeiert. Nachts im Dunkeln und Kalten haben wir uns um einen Baum (geschmückt) versammelt und gesungen. Damit der Baum nicht abgeholzt werden musste. Glaube ich. Sind wir halt alle zum Baum gegangen.
Romantisch: ein Spaziergang zur Mitternacht, durch den verschneiten Ort, dicke Schneeflocken fallen. Alle zufrieden, ich im neuen blauen Norwegerpulli. Schön warm. Die gelben Lichter hinter den Fenstern vermitteln Friedliches. Wie der Schnee. Friedlich, still, weich. Häufiger aber: Graues draußen, da blieben wir lieber drinnen.
Hab's schon gemocht, Weihnachten. War auch meistens ganz nett. Nur die Fresserei (auch wenn ohne Braten bei uns) an den Feiertagen war dann niederziehend. Auch eher einsame Zeit. Jeder hockt irgendwo (meist im Zimmer) herum, liest Bücher und isst (in möglichst kurzer Zeit) alle Weihnachtssüßigkeiten auf.
So war das. In den Siebzigern. Ungefähr so.

*Stefanie Glatz*

## *Der bunte Teller*

*Das Jahr, in dem all meine Verspätungen ins Zeugnis eingetragen wurden und ich in Familienhauswesen eine Eins bekam, was auch immer das für ein Fach sein mochte. Was 1978 außerhalb unserer kleinen Farm noch so passierte, war beispielsweise dies:*

Der Film *Saturday Night Fever* etabliert Discomusik zur Aufsteigermusik, die Luxus und Hedonismus verkörpert – Louise Brown, das erste Retortenbaby der Welt, wird am 26.7. geboren – Nach nur 33-tägiger Amtszeit verstirbt Papst Johannes Paul I. Das macht erneute Wahlen erforderlich: Der Pole Karol Wojtyla wird als erster Nichtitaliener nach 455 Jahren zum Papst gewählt – Das Buch *Christiane F.* von Stern-Reporter Kai Hermann erscheint – Reinhold Messner und Peter Habeler besteigen als Erste den Mount Everest ohne Sauerstoffflasche – *Die Schlümpfe* von Vader Abraham sind wochenlang auf Platz 1 der Hitparaden – Die Super-8-Kamera kommt auf den Markt – Alice Schwarzer und Inge Meisel verklagen den *stern* wegen sexistischer Darstellung von Frauen – 900 Mitglieder der *Volkstempel*-Sekte vergiften sich auf Befehl von Jim Jones in ihrer Landkommune in Kalifornien – Hans Filbinger, ehemaliger Marinerichter der NS-Regierung, muss nach Enthüllungen des Schriftstellers Rolf Hochhuth von seinem Amt als Ministerpräsident von Baden-Württemberg zurücktreten – Drei US-Amerikaner überqueren den Atlantik in einem Heißluftballon

# *Erlesene Weihnachten*

*Die Deutschen verschenken auch im neuen Jahrtausend zu Weihnachten am liebsten ein Buch. Mir gefällt das. Nicht nur, weil Sie gerade eines von mir in den Händen halten. Was Bücher alles –* alles! *– können, können eben doch nur Bücher.*

In den Siebzigern gab es in den Dörfern, deren Hauptstraßen langsam zu Durchgangsstraßen in die große Stadt wurden, bevor sie selbst eine stattliche Größe erreichten, keine Buchhandlungen. So kam es, dass meine Eltern Mitglieder im Bertelsmann-Bücherclub wurden und es auch fast zwanzig Jahre blieben. Aus einem Katalog bestellten sie vierteljährlich Lizenzausgaben von Neuerscheinungen, deren Buchgestaltung zwar nicht so schön wie die der Originalausgaben waren, dafür aber viel billiger, und, noch besser: auch die Provinz auf den neuesten Stand der Literatur brachten. Zahlreiche meiner Kinder- und Jugendbücher, die unterm Weihnachtsbaum lagen, kamen per Post aus Gütersloh.

Und noch bevor das neue Jahr begann, würde ich sie alle ausgelesen haben. Bücher von Ursula Wölfel, Berte Bratt, Janosch, Enyd Blyton, James Krüss, Erich Kästner, Guggenmos, Christine Nöstlinger, Paul Maar, Max Kruse und – na, klar! – Marie Louise Fischers *Klaudias erste Tanzstunde*

beispielsweise. Später dann *Ich bin eine Wolke* von Dagmar Kekulé oder *Die große Flatter* von Leonie Ossowski.
Den häufigen Erwähnungen von Alkohol zufolge, der nicht nur in diesen beiden, sondern in einer Vielzahl von Jugendbüchern der Zeit thematisiert wird, wurde schon in den Siebzigern richtig gesoffen. Vor allem in den Brennpunkten der sozial schwachen Schichten, als sie noch nicht so hießen. Den Siebzigern haben wir auch das zu verdanken: Das Augenmerk nach ganz unten.

*Die große Flatter*

Sie machen einen Umweg und sehen aufmerksam nach allen Seiten. Am Heiligabend ist niemand auf der Straße. Das Kindergartenhaus steht einsam am Rand der Siedlung. Hier ist keine Menschenseele. In der Handkasse, so sagt Richy, sind mindestens zweihundert Eier. Und zweihundert Eier sind ein Anfang.

Richy arbeitet gut. Er hat überhaupt keine Angst. »Wenn man Angst hat«, meint er, »muss man zu Hause bleiben. Dann geht's nämlich schief!« Schocker hat Angst.

Der Rollladen schiebt sich fast geräuschlos hoch. Richy macht das langsam und hat so eine Ruhe dabei weg, dass Schocker zu schwitzen aufhört. »Das Fenster schlägst du ein!« sagt Richy. »Du musst es lernen!«

Schocker ballt die Faust im Handschuh, der erste Schlag reicht. Es scheppert ganz schön. Der Riegel geht leicht auf. Die haben hier immer noch die alten Fenster. Schocker und Richy steigen ein. Der Lichtkegel der Taschenlampe kreist durch den Raum.

»Die Handkasse«, sagt Richy, »ist im Büro, in der linken Schreibtischschublade, das weiß ich!«

»Ich war als Kind nie im Büro«, flüstert Schocker. »Du?«

»Ist doch scheißegal!« Richy tastet sich an den kleinen Stühlen und Tischen vorbei.

»Hier hab' ich immer gesessen.« Schocker lässt sich auf eine der kleinen Eckbänke nieder. Seine Knie rutschen auf

der niederen Sitzfläche nach oben. Seine Füße sind so lang wie die Bank breit ist. »Guck mal, wie ich gewachsen bin«, sagt Schocker, »das merkt man sonst gar nicht!«
»Und ich«, sagt Richy, »ich hab' hier gesessen!«
Es ist ein kleiner runder Tisch in der Mitte des Raumes, an dem jetzt Richy mühsam Platz nimmt. Sein Hinterteil hat nur auf der Hälfte des Stühlchens Platz. Gehorsam faltet er die Hände über der Tischplatte, und beide Jungen sagen im Chor:
»Die Sonne schlief die ganze Nacht;
nun aber ist sie aufgewacht,
sie schaut zum Fenster hell herein:
Guten Morgen, guten Morgen, liebe Kinderlein!«
Erst prustet Richy los, dann Schocker. Sie lachen und lachen, als könnten sie nicht mehr damit aufhören. Das Licht der Taschenlampe tastet die Wände ab. Weihnachtsmann, Weihnachtsengel, Christkind und Strohsterne tauchen auf.
»Bastelstunde«, sagt Richy.
»Weihnachten«, antwortet Schocker vom Eckbänkchen her und beißt krachend in einen der rotpolierten Äpfel.
»Lichter«, sagt Richy und zündet eine der heruntergebrannten Kerzen vor ihm an.
»Feuer«, antwortet Schocker und zündet alle Kerzen an, obwohl das mit den Handschuhen gar nicht so einfach ist.
»Wenn die bis zu den Zweigen runter brennen, dann gut Nacht Marie!«

»Arschloch!«
Richy springt auf und bläst die Lichter aus. Ein paar Stühle fallen um.
»Weihnachtsmann«, zischt Schocker.
»Selber Weihnachtsmann. Musst du alle Kerzen anzünden!«
Schocker hebt die Schulter, will antworten und etwas Versöhnliches sagen. Da springt die Tür auf. Mit einem Schlag fliegt sie auf und gegen die Wand, dass mindestens drei Strohsterne herunterfallen.
»Hände hoch!«
Schocker hebt langsam die Hände, hält sie mit den Handschuhen ausgestreckt, als wenn ihn einer daran aufhängte.
Richy kann man gar nicht sehen, so schnell ist er weg. Man kann ihn nur hören. Vom Spielzimmer ins Büro, von dort in den Flur und ins Klo, zugeriegelt und ab durchs Fenster.
Richy kennt hier im Gegensatz zu den Polizisten jede Ecke und jedes Fenster. Schocker kennt auch alle Ecken und jedes Fenster. Nur sitzt er immer noch auf seinem Eckbänkchen, die Hände nach oben gestreckt.
»Was macht ihr hier?«
»Nichts!«
»Wie seid ihr reingekommen?«
Schocker zeigt zum Fenster hin, auf die eingeschlagene Scheibe und den hochgeschobenen Rollladen. Ein Polizist durchsucht ihn, leert seine Taschen, klopft ihn ab.

»Warum, zum Teufel, steigt ihr nachts in den Kindergarten ein«, brummt der Polizist.
»Wir wollten Weihnachten feiern«, sagt Schocker mit gesenktem Blick und starrt seine Handschuhe an.
»Zieh die Dinger aus!«, sagt der Polizist. Sein Kollege ist Richy nachgelaufen, kommt jetzt wieder zurück.
»Wie heißt du?«
»Schocker!«
»Das ist kein Name, Bürschchen. Fang nicht an, mich zu verarschen!«
»Joachim Schock«, sagt Schocker mit fester Stimme, »ich heiße Joachim Schock. Es nennt mich nur niemand so!«

Neujahr ist vorbei, Weihnachten vergessen. Auf den Straßen der Siedlung liegt Schneematsch. Das Licht ist düster. In manchen Wohnungen hängen Wolldecken vor den Türen. Die Kälte zieht durch die Ritzen, daran kann man sich einfach nicht gewöhnen. Mücke raucht mehr denn je. Dreht sich eine Lulle nach der anderen. Irgendwo muss der Dampf herkommen. Mücke hat von Richy schwer Prügel bezogen und über eine Woche ein blaues Auge gehabt. Niemand hat dem sechsjährigen Mücke geholfen, obwohl er ziemlich laut um Hilfe schrie. Als das nichts nützte, stellte er sich tot, was seine Lage auch nicht verbesserte. Richy trat ihm erst in den Arsch und dann auf die Hand. Da war nichts mehr mit Totstellen. Mücke musste zum Arzt ge-

bracht werden und trug über Silvester ein rosa Pflaster im Gesicht.
»Ein Wort«, hatte Richy in Gegenwart von Franz Grün und einigen anderen Jungen gesagt, »ein Wort, und du bekommst die gleiche Tracht Prügel noch mal!«

Mücke sagte tatsächlich darauf kein Wort, weder zu Hause noch beim Arzt. Seine Eltern hatten auch nicht weiter gefragt, kreischten los und Mücke konnte froh sein, nicht auch noch von seiner Mutter eine zu fangen. Der Vater war zu besoffen um aufzustehen, und dem Arzt ging es mehr um die Versorgung der Wunde. Nur Frau Köpping, die Mücke zum Doktor brachte, wollte wissen, was los war. Erst nahm sie Mücke mit in die Sozialstation, half ihm beim Waschen und wischte das Blut vom Gesicht ab.
»Es war der Richy, nicht?« sagte sie, sah Mücke nicht an und fuhr fort: »Der hatte wohl seinen Grund!«
»Weiß nicht«, flennte Mücke los, obwohl er sich lieber eine Zigarette gedreht hätte. Aber Heulen, das weiß Mücke, zieht immer.
»Mich wundert nur, dass es nicht der Schocker war«, sagte Frau Köpping ungerührt. Daraufhin flennte Mücke noch lauter, hielt sich den Bauch und gab so die kläglichste Figur ab, zu der er fähig war.
»Ach Mücke«, lächelte Frau Köpping, »du glaubst doch nicht, dass du mir was vormachen kannst.«

Mücke stellte das Heulen ein, bat, die Toilette aufsuchen zu dürfen und rauchte dort in großer Geschwindigkeit auf Lunge die ersehnte Zigarette. Danach fuhren sie zum Arzt. Auf dem Hin- und Rückweg erzählte Mücke dann, warum Richy und Schocker eine Wut auf ihn hatten, ohne mit einem Wort seine bezogene Prügel zu erwähnen.

»Am Heiligabend«, begann Mücke stockend, weil er nicht so recht wusste, wo er mit seiner Geschichte anfangen sollte, »am Heiligabend also, da bin ich so durch die Siedlung gelaufen!«

»Warum warst du denn nicht zu Hause?«

Mücke hob die Schultern, dass sein dünner Hals nicht mehr zu sehen war und sein zu klein geratener Kopf wie auf die Achseln geklebt war.

»Zu Hause waren alle besoffen und unsere Katze hat unter den Christbaum geschissen. Das gefiel mir nicht. Da bin ich ab.«

Mücke fummelte in seiner Hosentasche nach Tabak.

»Wenn du jetzt rauchst«, sagte Frau Köpping, »kannst du dir mit deiner kaputten Lippe eine Infektion holen!«

Mücke hätte gern gewusst, was eine Infektion ist. Seine Zunge fuhr über die Mundwinkel, schmeckte das Blut. Er hatte wirklich ganz schön eins in die Fresse gekriegt.

»Na ja, ich hab Richy und Schocker gesehen und bin denen nach. Wie die durchs Fenster sind, da wusste ich schon, was die wollten!«

Das Ende der Geschichte erzählte Mücke auf der Rückfahrt, inzwischen mit dem großen Pflaster versehen.
»Ich habe plötzlich eine Wut gekriegt.« Mücke machte eine ziemlich lange Pause, als müsste er die ganze Wut noch einmal nachempfinden.
»Was für eine Wut?« fragte Frau Köpping, ohne dass es neugierig klang. Eher nett, fand Mücke. »Weil überall Leute zusammen waren und«, Mücke pausierte abermals längere Zeit, »und gut gegessen haben oder gespielt oder Geschenke gekriegt haben. Wegen der Katze bin ich weg und hab mir gedacht, draußen ist vielleicht was los. Aber es war nichts los. Ich hab nur Schocker und Richy gesehen. Denen hat's vielleicht auch nicht zu Hause gefallen. Ich hab die Wut gekriegt, weil die einen Bruch gemeinsam gemacht haben. Niemand war allein, überall war jemand mit jemand anderem zusammen.«
Mücke zog seinen Kopf wieder zwischen die Schultern. Das Pflaster machte sein mageres Gesicht noch kleiner.
»Da bin ich rüber zum Revier. Ist ja nicht weit. Sogar die Bullen haben Kaffee und Kuchen gehabt, Radio gehört und die Mützen neben sich auf den Tisch gelegt. Ich bin rein und hab nur gerufen, dass im Kindergarten welche einen Bruch machen. Dann bin ich weggelaufen.«

*Leonie Ossowski*

*Der bunte Teller*

*Das Jahr, in dem ich das Kino entdeckte und Cineastin wurde. Was 1979 außerhalb unserer kleinen Farm noch so passierte, war dies:*

Im NATO-Doppelbeschluss werden Verhandlungen der UdSSR und der NATO-Mitgliedsstaaten zur Reduzierung von atomaren Mittelstreckenraketen vereinbart – Die dritten Programme zeigen den US-amerikanischen Vierteiler »Holocaust – Die Geschichte der Familie Weiß«, der eine Diskussion über das Dritte Reich und die Verfilmbarkeit des Leidens auslöst – Der persische Schah Resa Pahlewi wird gestürzt und flüchtet mit seiner Familie ins Exil. Ayatollah Khomeini übernimmt die politische Führung und ruft am 1. April die Islamische Republik Iran aus – Reaktorunglück in Harrisburg/USA, bei dem ein GAU gerade noch abgewendet werden kann – Margaret Thatcher wird die erste Premierministerin des britischen Königreiches – Isabella Rossellini und Martin Scorsese heiraten – Rudi Dutschke, der wichtigste Sprecher der deutschen Studentenbewegung, stirbt an Heiligabend an den Folgen eines im April 1968 auf ihn verübten Attentats – Die UdSSR besetzt Afghanistan – Der deutsche Journalist Rupert Neudeck startet mit dem Frachtschiff Cap Anamur die ersten Rettungsaktionen von Flüchtlingen, den sogenannten Boatpeople – Die Bürger der EU-Mitgliedsstaaten wählen zum ersten Mal die Vertreter des Europäischen Parlamentes

# *»Ist alles so schön bunt hier – Ich glotz' TV«*

*In den Siebzigern, dem Jahrzehnt meiner Kindheit, bedeutete ein gelungenes Weihnachtsfest auch immer, dass man richtig viel Zeit vorm Fernseher verbringen konnte, ohne dass jemand was dagegen sagte.*

Die Erwachsenen machten es spätestens am zweiten und letzten Weihnachtsfeiertag auch nicht anders. Dann würden keine Gäste mehr kommen und die Vorbereitungen für die Mahlzeiten waren minimal. Von den beiden vorangegangenen Feiertagen war noch genügend übrig geblieben, um davon einen weiteren zu bestreiten. Auf der Couch vor dem TV würde Weihnachten friedlich ausklingen. Allzu spät würde es eh nicht. 1971 lagen 46,3 Prozent der Fernsehzuschauer beizeiten im Bett, weil sie am nächsten Tag bis sechs Uhr aufgestanden sein mussten. Beim ZDF, das sich als Sender für die Frühaufsteher verstand, war mit dem Testbild noch vor Mitternacht Schluss.

Das Fernsehprogramm bestand bis in die späten Siebziger aus den Sendungen des Ersten und Zweiten Programms. Das war's. Als am Ende des Jahrzehnts der Videorecorder

*Beta System* von Sony unterm Weihnachtsbaum lag, konnten wir – echt Siebziger – ganz selbstbestimmt unser eigenes Fernsehprogramm zusammenstellen.

Obwohl das ZDF schon 1963 den Wechsel von Schwarz-Weiß zum Farbfernsehen vollzog, ging es uns wie den meisten deutschen Haushalten. Unser SW-Fernsehgerät wurde erst anlässlich der Olympischen Sommerspiele, die 1972 in München stattfanden, ausgetauscht.

Der Fernsehapparat bekam in unserer *Wohnlandschaft*, die wir nicht hatten, von Anfang an einen festen, zentralen Platz. Er hat uns Geschichten und Bilder geliefert, ohne die unser Leben ein anderes gewesen wäre. Fernsehen wurde ein nicht unerheblicher Teil unserer Freizeitgestaltung.

Unsere Eltern waren mit der Frage »Wie viel Fernsehen verträgt unser Kind?« auf sich alleine gestellt. Sie konnten auf keinen Erfahrungswert zurückgreifen, weil es keinen gab. Die Großeltern konnten hier keine Ratschläge geben und Oma B. beispielsweise hat den Fernsehapparat, als es ihn in unserm Haus gab, nicht mehr in ihr Leben integriert. Im Sommer gab es ohnehin bis spät abends genug draußen zu tun. Im Winter saß sie bald nach dem Abendbrot am Küchentisch und las als Letzte die Tageszeitung oder stopfte die Löcher in den Strümpfen von acht Personen, während wir Kinder als erste Fernsehgeneration der Nation eine eigene Zielgruppe wurden.

Wir schauten *Die rote Zora*, *Silas*, *Die Kleinen Strolche*, *Timm Thaler*, *Bonanza*, *Daktari*, *Der rosarote Panter*, *Lassie*, *Fünf Freunde*, *Pan Tau*, *Kli-kla-Klawitter*, *Lieber Onkel Bill*, *Der Hase Cäsar*, *Zwei Jahre Ferien*, *Lemmi und die Schmöker*, *Sesamstraße*, *Ferien auf Saltkrokan*, *Emm wie Meikel*, *Flipper*, *Rappelkiste*, *Das feuerrote Spielmobil*, *Die Biene Maja*, *Wickie und die starken Männer*, *Heidi*, *Calimero*, *Die Märchenbraut*, *Spiel ohne Grenzen*, *Luzy – der Schrecken der Straße*, *Jack Holborn*, *Das Haus der Krokodile*, *Expedition ins Tierreich*, *Catweazle* und *Unsere kleine Farm*.
Später dann *Disco*, *Der Doktor und das liebe Vieh*, *Das Haus am Eaton Place*, *Direkt*, *Fantomas*, *Einsatz in Manhatten*, *Dalli-Dalli*, *Drei Engel für Charlie*, *Columbo*, *Drei Damen vom Grill*, *Die Drehscheibe*, *Ehen vor Gericht*, *Die Hitparade*, *Derrick*, *Aktenzeichen XY . . . ungelöst*, *Der Große Preis*, *Eine amerikanische Familie*, *Angelo und Luzy* oder *Der Bastian*.

Das Fernsehprogramm zu Weihnachten war in den Siebzigern das beste des ganzen Jahres. Dafür lohnte es sich, die *Hörzu* zu kaufen, obwohl ich nicht verstand, warum die Fernsehprogrammzeitschrift nicht *Siehzu* hieß. Meine Geschwister und ich kreuzten mit verschieden farbigen Filzstiften alle Filme an, die wir in diesem Jahr unbedingt sehen wollten. Mit dem bunten Teller auf den Knien schauten wir am Christbaum vorbei in die Flimmerkiste.
Der weltbeste Weihnachtsfilm ist für mich *Drei Haselnüsse*

*für Aschenbrödel* geblieben. Weihnachten 1975 wurde die deutsch-tschechische Produktion als Zweiteiler erstmals im Fernsehen gesendet. Während die bundesdeutschen Programmdirektoren noch sechs Jahre zuvor beschlossen hatten, dass Kindersendungen nicht länger als 30 Minuten dauern durften, konnten wir 1975 sogar 45 Minuten am Stück Fernsehen schauen. Grund genug, ein Fortschrittsgefühl zu entwickeln.

Die Verfilmung des Grimm'schen Märchens ist bezaubernd, anrührend, wunderbar. Und macht jede weitere Verfilmung dieses Motivs überflüssig. Es geht nicht besser. Die Dreharbeiten fanden entgegen den eigentlichen Vorstellungen des Regisseurs im Winter statt: Die DEFA-Angestellten waren im Sommer ausgelastet und mussten auch im Winter vollbeschäftigt sein. Und so kommt es, dass die Außendrehs unweit von Dresden auf Schloss Moritzburg in zart verschneiten Winterlandschaften stattfanden, die den Regisseur an Bilder von Brueghel denken ließen.

Der Schnee bedeckt den Boden gerade eben und unterstützt die Handlung des Filmes wie eine wohl ausgesuchte Ausstattung. Sein Vorhandensein bringt die Landschaft zum Verschwinden, um uns Aschenbrödel umso deutlicher zu zeigen: in ihrem Charme, ihrem Witz, ihrer Schönheit. In ihrer Wärme.

Obgleich sie in der Diktatur von Stiefmutter und Stiefschwester lebt, ist sie innerlich frei von Zwängen. Ungebro-

chen stellt sie ihrem holden Herren voller Selbstbewusstsein ein Rätsel, das ihre Identität umkreist: »Die Wangen mit Asche beschmutzt, aber der Schornsteinfeger ist es nicht. Ein Hütchen mit Federn, die Armbrust über der Schulter, aber ein Jäger ist es nicht. Ein silbergewirktes Kleid mit Schleppe zum Ball, aber eine Prinzessin ist es nicht ...«
Nichts hätte die Vorstellungen von der Zukunft meiner Schwester und mir am Ende der Siebziger besser beschreiben können als dies: Wir wollten nicht errettet, sondern erkannt werden. Wir wollten nicht einem Stereotyp entsprechen, sondern unsere unterschiedlichen Interessen verfolgen können. Wir wollten nicht nur schön sein müssen, aber auch schön sein dürfen. Und wir wollten auch einen Teil der eigentlich Männern vorbehaltenen Welt. Dass das etwas war, was uns niemand unter den Weihnachtsbaum legte, war uns durchaus bewusst. Aber auch, dass es möglich ist, das alles zu bekommen.

*Drei Haselnüsse für Aschenbrödel* ist nicht nur für mich ein Klassiker. Der Film ist unverzichtbar für das weihnachtliche Fernsehprogramm. Jahr um Jahr wird er erneut von den Fernsehanstalten ausgestrahlt, trotz zahlreicher neuer Filme. Darauf aber bin ich zum Glück längst nicht mehr angewiesen. Um von den Programmdirektoren der Fernsehanstalten unabhängig zu sein, habe ich ihn erst auf Video aufgenommen und dann als DVD geschenkt bekommen. Im Winter. An Weihnachten.

Denn: Weihnachten ohne *Drei Haselnüsse für Aschenbrödel* wäre wie eine Reise in die Karibik über die Weihnachtsfeiertage.

Und das würde man doch seinem ärgsten Feind nicht wünschen.

*Quellenverzeichnis*

Peter Abraham: Altmodische Tänze, aus: Peter Abraham, Komm mit mir nach Chikago. Verlag Neues Leben. Berlin 1985

Gunther Brodhecker: Jesu Geburt, Originalbeitrag

Robert Gernhardt, Die Falle. Eine Weihnachtsgeschichte. © Robert Gernhardt 1993. Alle Rechte vorbehalten S. Fischer Verlag GmbH, Frankfurt am Main

Stefanie Glatz: So war das. In den Siebzigern. Ungefähr so . . ., Originalbeitrag

Gerhard Henschel: Atzventzkrantz, aus: Gerhard Henschel, Kindheitsroman, Copyright © 2004 by Hoffmann und Campe Verlag, Hamburg

James Krüss: Die Weihnachtsmaus, aus: James Krüss, Mein Urgroßvater und ich © Verlag Friedrich Oetinger, Hamburg

Reiner Kunze, Weihnachten. Aus: Reiner Kunze, Die wunderbaren Jahre. © S. Fischer Verlag GmbH, Frankfurt am Main 1976

Irmtraud Morgner: O du fröhliche . . ., aus: Irmtraud Morgner, Leben und Abenteuer der Beatriz nach Zeugnissen ihrer Spielfrau Laura. Aufbau-Verlag, Berlin Weimar 1981 © David Morgner

Christine Nöstlinger, Konrad oder Das Kind aus der Konservendose © Verlag Friedrich Oetinger, Hamburg

Leonie Ossowski, Die große Flatter. Beltz & Gelberg in der Verlagsgruppe Beltz, Weinheim & Basel

Ulrich Plenzdorf: Die neuen Leiden des jungen W., © Suhrkamp Verlag Frankfurt am Main 1973

Ingo Schulze: »Gottes Wort lebt«, aus: Ingo Schulze, Neue Leben © Berlin Verlag 2006

Tomi Ungerer: aus Tomi Ungerer *Heute hier, morgen fort* Copyright © 1983, 2006 Diogenes Verlag Zürich

Gabriele Wohmann: O Heiland, reiß die Himmel auf, aus: Gabriele Wohmann, Paulinchen war allein zu Haus. Luchterhand Verlag. Darmstadt 1974 © Gabriele Wohmann

**Abbildungsnachweis**

S. 11: Lisa Kessler; S. 13 u. 14: Fotografie von Wilson Bentley; S. 47: »Meine Fibel von Theo Schreiber und Gerhard Velthaus. Buchgestaltung und Illustration von Klaus Winter und Helmut Bischoff. Stuttgart, Ernst Klett 1973; S. 58 u. 59: Salamander GmbH; S. 91: © Henkel KgaA; S. 135: © Deutscher Olympischer Sportbund

**Anmerkung des Verlages**

Wir danken den Verlagen und Rechteinhabern für die Erteilung der Abdruckgenehmigungen. Bei einigen Texten und Abbildungen war es trotz gründlicher Recherchen nicht möglich, die Inhaber der Rechte ausfindig zu machen. Honoraransprüche bleiben bestehen.